Solidão acompanhada

Ana Beatriz Barbosa Silva
&
Lauren Palma

SOLIDÃO ACOMPANHADA

GLOBOLIVROS

Copyright © 2019 Editora Globo para a presente edição
Copyright © 2019 by Ana Beatriz Barbosa Silva & Lauren Palma

Todos os direitos reservados. Nenhuma parte desta edição pode ser utilizada ou reproduzida — em qualquer meio ou forma, seja mecânico ou eletrônico, fotocópia, gravação etc. — nem apropriada ou estocada em sistema de banco de dados sem a expressa autorização da editora.

Texto fixado conforme as regras do Acordo Ortográfico da Língua Portuguesa (Decreto Legislativo nº 54, de 1995).

Editora responsável: Amanda Orlando
Assistente editorial: Samuel Lima
Revisão: Suelen Lopes, Agatha Machado e Isis Batista
Diagramação: Filigrana
Capa: Renata Zucchini

1ª edição, 2019 - 1ª reimpressão, 2020

CIP-BRASIL. CATALOGAÇÃO NA PUBLICAÇÃO
SINDICATO NACIONAL DOS EDITORES DE LIVROS, RJ

S578m

Silva, Ana Beatriz Barbosa
Solidão acompanhada / Ana Beatriz Barbosa Silva, Lauren Palma. - 1. ed. - Rio de Janeiro : Globo Livros, 2019.
218 p. ; 21 cm.

ISBN 9786580634101

1. Ficção brasileira. I. Palma, Lauren. II. Título.

| 19-59270 | CDD: 869.3 |
| | CDU: 82-3(81) |

Vanessa Mafra Xavier Salgado - Bibliotecária - CRB-7/6644

Direitos exclusivos de edição em língua portuguesa para o Brasil adquiridos por Editora Globo S.A.
Rua Marquês de Pombal, 25 — 20230-240 — Rio de Janeiro — RJ
www.globolivros.com.br

Para Nana e Toddy

Eu

"Eu não sei exatamente o que vim fazer aqui."

Você já deve ter pensado isso em algum momento da vida enquanto bebia a quinta lata de cerveja sozinho, no canto de uma festa.

"Por que eu vim a rigor se estão todos de bermuda e chinelo?"

Pois é, a roupa não está totalmente adequada, algumas pessoas que te conhecem fingiram que não te viram e seus amigos de verdade não apareceram. Ou apareceram e já foram embora. Ou ainda estão por ali, mas do lado de alguma outra pessoa, já na segunda garrafa de pinga — não champanhe como você esperava — e não lembram nem quem são, quanto mais quem você é.

Um tanto desconfortável se sentir assim, deslocado.

"Talvez eu tenha errado de festa, ou aceitei um convite feito por educação. Na verdade, não sei nem se eu queria ter vindo. Por que raios foi que eu vim?!"

Do alto de minha embriaguez até passa pela minha cabeça que eu apareci de penetra, mas não! Sou sempre muito bem-vinda e não invadiria o espaço de ninguém. A não ser que fosse estritamente necessário. Ou se eu estivesse querendo muito.

Me conformo e confirmo que, se estou na área, é porque eu deveria estar, ainda mais do jeito que vim vestida: melhor do que os outros. Quem mandou abrir a porta quando surgi assim, de repente? Se me deixam entrar, não me faço de rogada. Fico com os pés descalços, me jogo no chão e aponto o defeito dos outros. No meio da pista, me deixo levar pela música, ensaio alguns passos e pulo sozinha com uma lata de cerveja em cada mão. Me faço de louca, de sonsa, pareço estar bêbada... Bem, eu estou.

Se a canção é lenta e a dança é em par, não me falta opção de companhia. Flerto um pouco, curto muito e depois volto para o canto, observo de longe as outras pessoas e penso: "Ainda bem que eu sou eu e não qualquer um desses outros que tem por aí. Eu sou excelente, e sorte de quem tem a sorte de esbarrar comigo neste evento".

Para registrar, faço *selfies* — eu bebendo refrigerante de limão na taça para parecer champanhe, já que não tem champanhe. Aliás, não sei nem por que tem taça. Comendo o salsão da guarnição para parecer fitness, sabendo que sou gulosa e sedentária. Fazendo bico de pato. Deleto em seguida. Enquadrando na foto outras pessoas fazendo *selfies* com bico de pato, que postam em seguida. Bico de pato é tão 2016. As postagens do momento são flores e guardanapos em forma de ganso. Só não fotografo o teto e as paredes para não mostrar que estou no salão de festas do térreo, e não na área VIP de um *rooftop* apreciando o *skyline*. Tiro o máximo de fotos para ter o que postar no Instagram regularmente. A importância do "regularmente" eu aprendi a duras penas. Seguidores são impiedosos quando você para de postar, mesmo que por um curto período.

Há pouco tempo, após um tempinho longe dessa rede social, perdi seguidores recentes, antigos, e seguidores que conheço pessoalmente. Esses são os piores de se perder, porque você não sabe se estão apenas abandonando o seu perfil ou tirando você da vida deles.

Penso que o sistema de seguir e "desseguir" conseguiu aumentar em grande grau o pânico de rejeição de muitas pessoas. Não o meu. Bem, ele e as duas flechas azuis do WhatsApp. Essas sim.

Será que as pessoas não sabem que já dá para desativar essa tortura? Prefiro ficar na esperança eterna que as flechas cinza possibilitam. Melhor alguém que não me respondeu porque talvez ainda não tenha visto a minha mensagem, mesmo tendo estado vinte e sete vezes on-line depois que eu a enviei — "talvez tenha se perdido no final da lista" eu concluo —, do que ter duas flechas azuis denunciando que a pessoa em questão leu e decidiu que não quer nunca mais, em tempo algum, ter uma conversa com você. E prefere deixar isso claro para você nunca mais importuná-la.

É isso que as flechas azuis de mensagens não respondidas significam, não é? Eu sei que é. E é por isso que também não as desativo. Enfim, abaixo o celular e olho em volta. Não sei quanto tempo vai durar, mas sei que fico até o final da festa. E ainda jogo arroz nos noivos, se for um casamento.

Não costumo gostar de comemorações, mas, pensando bem, até que aqui é muito legal. Quando não é horrível.

***

Eu sei que neste exato momento você se pergunta: "Quem é ela? De onde ela veio?" Acertei, não acertei?! Pois é, mas não se engane, eu não sou vidente, sou esperta. Eu, se estivesse no seu lugar, deparando-me comigo mesma, também faria tais questionamentos, daí a minha rápida conclusão.

Não se preocupe, vou esclarecer tudinho e saciar a sua curiosidade.

Eu nasci em uma cidadezinha chinfrim do interior, provavelmente a menor do país inteiro.

É verdade, por incrível que pareça vim desse lugar que não vale nem a pena comentar o nome. Bom, na verdade eu esqueci o nome, mas não importa porque eu prometi a mim mesma que não volto lá nunca mais. Pelo menos enquanto não tiver um carrão para mostrar para aqueles trezentos, quatrocentos ou mil e duzentos habitantes que eu venci na vida. Quando esse momento chegar, eu pergunto qual é a cidade para minha mãe, e o GPS do meu carrão vai me levar até lá.

Só fui apresentada à civilização quando me mudei para cá, a capital, sete anos após meu nascimento. Duas décadas depois ainda continuo morando por aqui, graças a Deus e mais ou menos aos meus pais, que me sustentam.

Há dois anos eles decidiram voltar ao passado, retornando à cidade, que não acompanhou o desenvolvimento dos anos. Venderam a confortável casa que haviam comprado aqui e me alugaram este 2x4 onde moro atualmente.

Sim, eles tinham dinheiro para pagar algo bem melhor para mim, mas me disseram que, se eu quisesse morar sozinha, teria que arcar com as consequências de ser adulta e trabalhar para viver, como eu gosto de dizer, mais dignamente.

Durante uma pequena revolta contra essa atitude, falei que não precisava do dinheiro ralo que eles estavam me oferecendo e que eu preferia pagar o aluguel sozinha. Tive que retirar o que disse quando percebi que eles iriam concordar com essa ideia estapafúrdia de eu mesma lidar com as minhas responsabilidades.

O cenário agora é este: moro sozinha em um apartamento que abriga desconfortavelmente a mim e o Dourado, meu peixe laranja com listras azuis.

Dourado, assim como eu, é um solitário à espera de companhia. É só ele no aquário como sou só eu na vida. Prometi a ele que quando eu me arranjasse com o Carlão, meu futuro namorado, eu iria até a loja do seu Freire e compraria uma peixinha laranja com listras amarelas para ele nadar acompanhado. Não sou egoísta, só acho justo ele esperar um pouquinho e se solidarizar com a minha solidão. Seria triste eu ficar olhando para um casal de namorados dentro da minha própria casa o tempo todo. Ele entendeu. Pelo menos acho que me perdoou, porque dois dias depois da nossa conversa ele parou com a greve de fome.

O início foi em 20 de março de 1984, um dia muito, muito chuvoso. Pelo menos foi isso o que me contaram.

É engraçado como tudo que sabemos sobre nossos primeiros anos de vida é o que nos relatam. Como saber se é verdade ou se ao menos foi recordado com precisão? Cada pessoa conta uma história sob um ponto de vista diferente.

Por exemplo, uma simples garoa para um pode ser uma chuva média para outro. Sem mencionar que pouquíssimas memórias são altamente confiáveis, e algumas pessoas têm mania de acrescentar detalhes que nunca existiram, apenas para tornar a história mais interessante. Embora haja, portanto, uma porção de versões sobre o meu nascimento e a minha infância, a única certeza é a de que nasci prematura.

Oito meses. Não me conformo com isso até hoje, vou ser sincera. E na falta de um motivo para a minha inconformidade, eu tenho dois.

O primeiro é que não acho que seja de minha personalidade querer sair correndo de um lugar quentinho, confortável e silencioso. Eu teria aproveitado com gosto um mês a mais no que eu chamo de recanto do sono, ou local preparatório para o enfrentamento do caos.

O segundo motivo é o fato de eu ter nascido sob o signo de Peixes. A ironia é tanta que, mesmo prematura, se eu tivesse tido a oportunidade de permanecer na barriga da minha mãe por só mais um dia, eu seria Áries. Áries ou Touro eram as minhas expectativas e, no entanto, sou de Peixes.

Não quero ofender ninguém, os Peixes têm lá suas qualidades. Eu tenho o Dourado, que também nasceu em março e não me deixa mentir. Mas enquanto o meu peixinho laranja é genuinamente peixe, eu sou ariana em minha essência. Ou taurina.

Eis o que achei em uma página da internet sobre o signo de Peixes: "Busco a mim mesmo, e não busco a mim mesmo". Não, essa não sou eu.

* * *

Assim como queijo com goiabada (Romeu e Julieta), Coca-
-Cola com sorvete (vaca-preta) e tequila com pimenta
(*Jalapeño Passion Margarita*), eu me vejo como uma junção
de dois elementos de famílias diferentes, que poderia resultar
em um erro, mas que deu esplendidamente certo.

A combinação de uma portuguesa com um finlandês deu
origem a um equilíbrio. Algo entre o quente e o frio, mas não
morno. O doce e o salgado, mas não azedo. Bom... às vezes
azedo, confesso. Mas quase nunca! Quase nunca mesmo.
Sorvete de alcaparras. Queijo-quente com pasta de amendoim.
Manga com leite. Considerando que a história da manga com
leite seja apenas um mito, claro, como a mula sem cabeça.

Assim sou eu! Prazer, Eleonora.

Meus pais vieram morar ainda crianças no Brasil, mas foi
em uma viagem para a Inglaterra que os dois se conhece-
ram. Incrível, não? Por isso digo que quando alguma coisa
tem que dar certo, o Universo conspira a favor.

Se para vir ao mundo assim como eu sou minha mãe teria
que nascer em Portugal, meu pai na Finlândia, ambos teriam que
vir morar no Brasil em algum momento, momentos diferentes,
e muitos anos depois teriam que estar aguardando atendimento
no balcão da então recém-inaugurada Dafna's Cheese Cake
Factory, em Liverpool, no mesmo exato momento... assim seria.

O que os levou a morar depois em uma cidade de que
ninguém nem lembra o nome, eu não entendo, nunca vou
entender e nem aceitar eu aceito, mas pelo menos sete

infindáveis anos depois do meu nascimento, eles saíram de lá comigo, graças a Deus.

Agora que parei para pensar, até que tenho mesmo um "quê" britânico. Nunca tinha relacionado uma coisa à outra, mas a minha pontualidade é de fato impressionantemente impecável. E eu gosto muito de chá.

Ter uma pontualidade impressionantemente impecável é apenas mais uma de minhas inúmeras e ótimas qualidades. Não que eu seja convencida, longe disso! Sou apenas consciente. As pessoas confundem essas duas coisas. Já tive até que ouvir de algumas delas que eu sou o tipo de gente que se acha. Nesses termos. Até aí, todo mundo se acha alguma coisa, não? Nunca entendi essa expressão. Eu poderia me achar inferior, no caso. Não que eu ache. Mas também não me considero o oposto, sendo o oposto superior, e sendo "superiora" a palavra que eles deveriam ter usado para me descrever quando disseram que me consideram o tipo de gente que se acha. Que gente mais sem vocabulário! E ainda aposto que se acham.

Se de fato eu fosse assim como dizem, definitivamente postaria no Instagram as *selfies* que faço com bico de pato. Também gravaria vídeos para o meu canal do YouTube registrando a minha reação ao assistir pela primeira vez ao trailer de *A freira*, ou ao filme *Caixa de pássaros* — a segunda vez não trouxe novidades — ou, ainda, ao assistir às reações de outras pessoas assistindo pela primeira vez a alguma coisa. Não, prefiro seguir postando vídeos úteis, por exemplo de como cozinhar, como se maquiar, como decorar e "Os dez hábitos matinais de Eleonora ao som de Kenny G".

Também não admitiria que tenho defeitos. Quem não tem? Poxa, até eu tenho! Três.

Posso ser confusa às vezes, com certeza sou apenas mediana em matemática e minhas fotos de flores e guardanapos não são expressivas o suficiente, o que me faz ser mediana também como fotógrafa. Santos filtros e ajustes do Instagram que controlam contraste, nitidez e balanço de branco, além de adicionar tons quentes e vermelhos robustos às imagens, ideais para as rosas escarlates.

Enfim, não são graves, não são muitos, mas são defeitos. E tenho ainda fobia de agulha (um medo exagerado de agulha), que se estende a tudo que se parece com uma, automaticamente me impedindo de escrever com lapiseira se tiver que colocar grafite, costurar, mesmo se for tricô, e a jogar porrinha. Esse último ainda bem, porque evita de eu passar vergonha com a minha matemática apenas mediana.

Longe de me considerar superior, mas se eu admiti meus defeitos, é justo que eu cite algumas qualidades. Sou paciente com idosos, com crianças e até com o meu vizinho drogado do apartamento ao lado. E também com o porteiro Heraldo. Ninguém tem paciência com ele, coitado. Ele não tem culpa de ser devagar quase parando.

Tenho o paladar apuradíssimo. Posso reconhecer diferentes qualidades de vinhos, café e águas, e reconhecer águas é para poucos, eu sei disso.

Também nado muito bem. Eu e o Dourado nadamos. E maquio, a mim e os outros. E decoro, a minha casa e as outras.

Tenho bastante talento para decoração... Eu que decorei o meu apartamento, e só sendo muito boa mesmo para fazer um apê minúsculo como o meu parecer ser só pequeno.

MEU APÊ

EU ME LEMBRO DO PRIMEIRO DIA em que vim ver o apartamento onde eu moro.

O meu pai decidiu alugá-lo por conta própria e me fez uma surpresa, entregando-me a chave com ele já mobiliado e pronto para morar.

Ao abrir a porta, minha reação foi de desespero em vez da alegria que ele havia imaginado. Essa sim eu deveria ter registrado em vídeo para postar no meu canal do YouTube. Certamente seria mais interessante do que a minha reação assistindo ao trailer de *A freira* ou ao de qualquer outro filme muito aterrorizante.

Nenhuma palavra me ocorreu naquele momento, nem por muitos momentos depois. E, quando me ocorreu, minha voz falhou. E depois falharam as minhas pernas — caí nos braços do meu pai após ter tropeçado em uma passadeira.

Depois de recuperada, antes de verificar a vista da janela, ou até mesmo as instalações dos cômodos, quis saber a metragem do lugar. Às vezes a nossa primeira impressão sobre algo não corresponde exatamente à realidade. Talvez uma boa soma de passos aliviasse a minha angústia e me desse alguma esperança de que meu pai não tivesse me metido em uma espelunca, ou como alguns dizem, uma quitinete.

Fui até a porta de entrada e projetei mentalmente o meu caminho: vou da sala de estar à cozinha, da cozinha até a copa, da copa para a sala de jantar e da sala de jantar até o corredor principal que leva à área íntima com suíte e quarto de TV.

Depois do terceiro passo rumo ao interior do recinto eu já estava dentro do único quarto que encontrei, sem mais espaço para seguir adiante ou à esquerda, mas apenas à direita, para o banheiro. O trajeto que incluiu em seguida um pedaço de cozinha e a volta à porta da única sala foi a caminhada mais curta que eu já havia feito em toda a minha vida.

— Como pode um apartamento não ter copa nem quarto de TV, e a área íntima ser tão devassada a ponto de nem existir? — Eu ficava me perguntando.

E, junto com as minhas perguntas, veio a solução.

Com meu talento nato transformei todo o espaço, que pareceu até ter aumentado de tamanho depois de eu colocar espelhos, quadros, enfeites e uma boa dose de imaginação para fingir que, na cozinha estreita e apertada, havia uma copa, demarcada por uma cadeira, onde tomo todos os dias o meu café da manhã.

Fiz questão de incrementar o lugar com aparelhos de última geração. Tenho eletrodomésticos modernos, uma TV de LED que ocupa uma parede inteira e há alto-falantes e pequenos pufes coloridos espalhados pela sala. No banheiro há uma ducha importada que faz com que eu possa tomar um bom banho para compensar a falta de uma banheira de hidromassagem.

Algumas ideias, admito, vieram do Pinterest, e não de minha grande criatividade. Não há como visitar o *app* por curiosidade e não ser sugado para dentro desse universo infinito e multidimensional.

Aprendi quais as melhores plantas para se ter em casa — orquídea e samambaia —, como distribuir pufes pela sala e quais as cores que deixam qualquer ambiente com um estilo zen. De quebra, entre fotos de homens com rabo de cavalo e de como o uso errado de botox pode te deixar parecendo o Liberace, aprendi o quanto de contraste, nitidez e balanço de branco eu deveria adicionar às minhas fotos do Instagram. É ou não um universo multidimensional?

Passei apenas três dias e meio grudada à tela do meu tablet, mas cheguei à conclusão de que já era o suficiente quando comecei a encontrar fotos de homens usando bota na praia.

Pelo menos aprendi que tons de amarelo, laranja e azul trariam um ar tranquilo ao meu ambiente. Por isso o meu peixinho Dourado é tão calmo. E, por sorte, ele ainda orna com a decoração da casa.

Outro exemplo de algo que é tão 2016: a palavra ornar.

Coloquei aquecimento no piso, assim como também no assento do vaso sanitário. Em dias de muito frio, o preço exorbitante que paguei na peça se faz por merecido.

Minha cama king-size de colchão viscoelástico recoberto por lençóis de algodão egípcio de 1.500 fios dá dignidade ao meu sono, muitas vezes perturbado pelo barulho de unidades vizinhas. Não tenho espaço para o criado-mudo, nem para caminhar nas laterais, mas quando se tem uma cama dessas, quem precisa de mais alguma coisa no quarto? Eu, não.

Com tantas modificações que consegui fazer, acabei transformando a quitinete em um loft, coisa que parecia impossível.

Pena ficar em um prédio horrendo onde não há uma alma que saiba identificar a diferença entre um loft e uma quitinete. Eu sei.

MEUS PAIS

CHEGUEI EM CASA e liguei a secretária eletrônica para ter que ouvir dois recados da minha mãe, um explicando o outro, e assim explicando ao mundo de quem eu puxei o defeito de ser confusa às vezes.

"Você tem dois novos recados. Primeiro recado:

'Oi, filha, parabéns. Que você tenha um feliz aniversário, muita saúde e tudo de bom. Seu pai está te mandando um abração.'

Bip.

Segundo recado:

"Oi, Eleonora, acabei de te deixar um recado de aniversário, mas me confundi. É amanhã, não é? Ou foi ontem… Os votos continuam valendo. Espero falar com você em breve. Não precisa retornar a ligação."

Em resposta, na secretária eletrônica deles:

"Bom dia, Dona Leopolda. Não tem problema quanto à data, mas acuso que ainda não recebi o meu presente. Ele virá pelo correio?"

Tenho mais costume de chamar a minha mãe pelo nome do que de mãe. Ela não se importa. Acho que prefere até. E me chama de filha apenas no meu aniversário, como se já fosse algum tipo de presente. Talvez eu devesse ligar novamente e dizer que aguardo o de verdade em forma de depósito bancário. Ou em espécie, pelo correio.

Meu pai e minha mãe são quase como amigos distantes para mim. Aqueles que podemos visitar, avisando com dois dias de antecedência, e que se a gente pedir dinheiro emprestado eles dizem que não têm. Mas eu sei que eles têm e que na verdade não querem me emprestar.

Criei um grupo no WhatsApp para facilitar nossa comunicação, mas a minha primeira tentativa de conversa não deu muito certo.

Minha mãe talvez não tenha entendido muito bem como funciona, meu pai é de poucas palavras e eu não tenho muita paciência para interagir sozinha em um grupo de três pessoas, contando comigo. E olha que costumo ter muita paciência, afinal é uma de minhas inúmeras e ótimas qualidades. De qualquer maneira, cumpro meu papel de filha no grupo da família enviando logo pela manhã fotos de flores que eu mesma tiro, desenhos de ursos fofos com o desejo de bom dia e, logo no início da noite, frases motivacionais. Faria mais sentido se essas também fossem enviadas pela manhã, mas quem se importa?

Sobre o dinheiro... Talvez eu esteja sendo injusta porque meu pai até me empresta, mas é sempre na minha segunda tentativa, aquela que vem junto com choro, desespero e palavras de desânimo com a vida — essa é a minha carta na manga. Como o tio do meu pai se atirou pela janela de um prédio, ele teme que eu siga o exemplo. O que o meu pai não entende é que a razão que levou o tal homem a fazer essa insanidade em um momento de trágico desespero foi apenas uma traição da mulher dele.

Eu em particular nunca me mataria por outra pessoa. Nem por mim mesma. Quer dizer, nunca, não, mas há 96% de chance de que eu não seja capaz de fazer isso.

Bom, se eu fizesse, com certeza não seria me jogando do quinto andar igual à anta do tio do meu pai, porque nesse caso a chance de sobrevivência com danos graves é até considerável. E foi justamente o que aconteceu. O homem ficou vivo sofrendo de perda parcial da memória. A única coisa da qual ele se lembrava após sua recuperação era da mulher. É isso que chamam de ironia. Ou Lei de Murphy. Ou, nas minhas palavras, bem feito mesmo!

Em resumo, meu pai me empresta dinheiro, mas que fique claro que só na segunda vez em que eu peço, mesmo que os pedidos sejam feitos no mesmo dia. Ou na mesma hora, com apenas seis minutos de intervalo.

Aliás, falando em se atirar do quinto andar de um prédio, eu gostaria de falar um pouco mais sobre o lugar onde eu moro, agora com mais alguns detalhes.

Meu prédio

Eu penso no meu prédio como se fosse um Simba Safari, e vou explicar o porquê. Além do fato de ser permitido eu transitar pelos corredores entre alguns animais, nadar na piscina com eles e frequentar a mesma sauna, tem outro motivo.

Ah, é piada que o meu prédio tem sauna. E o que os moradores chamam de piscina na verdade é um tanque de água suja onde até o Dourado se recusou a nadar. Cheguei a levá-lo um dia, e ele foi afundando, afundando, até eu tirá-lo de lá. Tive que pular lá dentro para resgatá-lo e depois tomar banho de álcool por três dias seguidos para descontaminação. Nele eu só dei uma borrifada de limpador multiuso e ele ficou novo. Peixe é mais fácil de limpar.

O que me espanta são os outros moradores nadarem ali sem problemas, não é todo mundo aqui que pensa como eu. Aliás, ninguém pensa, ninguém nem se importa com o lixo espalhado pelos andares, com a fiação reparada com fita isolante e saco plástico, ou com o rato que mora na garagem dois. Se bem que o ratinho nem é algo ruim porque eu adoro animais e estou até pensando em adotá-lo. Vai se chamar Pumba porque ele é gordo, marrom e dois dos dentes de baixo pulam para fora da boca. Se borrifar um limpador multiuso nele, vira um hamster.

O ponto é que o prédio parece abrigar um exemplar de cada espécie diferente. Eu só tinha visto tanta diversidade na minha vida em quatro outros lugares: no Simba Safari propriamente dito, no zoológico, no aquário de uma cidade que eu esqueci o nome e em uma sala de cinema do Centrão.

Eu entendo que o alto número de moradores colabore para que haja muita gente diferente. Moro, de fato, em um prédio populoso, e que tem de tudo. No meio desse tudo, eu sou a salamandra.

Aproveitei a analogia animal e criei um grupo de WhatsApp do condomínio chamado O Grupo da Anta. Nele estão apenas o seu Heraldo, eu, a dona Vera do 501 e o "seu" Otacílio do 710.

A intenção, na verdade, era que todos os moradores participassem e o motivo era discutir a adoção do Pumba e a limpeza do tanque de água suja. Muitos condôminos, no entanto, são idosos demais para ter celular, quanto mais WhatsApp. Os de meia-idade não conversam comigo pessoalmente, quanto mais por WhatsApp. "Agora não, estou com pressa", eles dizem. "Não insista, por favor." Então, a minha esperança era adicionar ao menos os poucos jovens. Os que não estão com pressa também, obviamente. Mas acabei tendo uma discussão com os que restaram e desde então não temos um bom relacionamento. Pelo menos não a ponto de eu incluí-los no grupo, ou de eles me fornecerem o número do celular quando pedi. Quem fica segurando o elevador por mais de setenta segundos, afinal? Eu sei quantos segundos foram, sim! Quem não conta antes de bater e gritar para alguém soltar a porta?

No fim, o seu Heraldo não sabe usar o celular direito, a dona Vera do 501 envia apenas piadas velhas e receitas de biscoitos antigos — aqueles do tipo maisena e água e sal —, e o seu Otacílio manda *nudes*. Já expliquei para ele como isso é inadequado, ainda mais para alguém de sua idade. Quem quer ver pelancas? Mas ele insiste. Admito que só não o bloqueei porque acho que a dona Vera gosta.

O nome do grupo tinha sido criado sem grandes pretensões, mas agora acho até que faz bastante sentido, sendo que eu sou a anta em questão, que suporta ver *nudes* de pelancas todos os dias pela manhã. Ao menos ensino as receitas de biscoito — secretas e de família, que apenas nós do grupo poderíamos conhecer, como disse a dona Vera — no meu canal do YouTube e digo que são de minha criação. Essa prática só estaria errada se a dona Vera descobrisse, e ela não descobrirá.

Não sou boa em matemática, então estou apostando na sua imaginação para que você entenda o que estou tentando explicar. E o que estou tentando explicar é o número de pessoas que existem no meu condomínio, que é muito, muito grande. Pense então em um número muito, muito alto e multiplique por algum outro. Imagino que será um resultado aproximado. Pessoas saindo pelo ladrão.

SOLIDÃO ACOMPANHADA 35

Não que eu seja fã de trocadilhos, mas ladrão também existe por aqui. Sem dar nome aos bois, posso dizer que é uma mulher e é uma vaca. Talvez eu seja um pouco fã de trocadilhos.

Entre o restante dos moradores há: uma senhora bem senhorinha que ouve o rádio no último volume e que mora na companhia de um papagaio; um rapaz que sai a cada duas noites, volta a cada duas manhãs e cujo apartamento tem um cheiro bastante suspeito; uma sapateadora; um músico; um cantor; um ator e alguém que anda de salto alto o dia inteiro. Acho que é alto, não sei. E essas são só as pessoas que moram nos apartamentos localizados próximos ao meu, tanto abaixo quanto acima. Nada contra nenhuma dessas profissões, mas são todas muito, muito barulhentas. A do ator não seria, mas como ele atua em musicais acaba sendo.

Ah, e tem a mulher. A mulher do salto... Eu tenho meu palpite quanto à profissão dela. Isso eu digo baseada no tamanho da saia. E na meia-arrastão.

Alguém bastante atento perceberia que dei destaque a duas pessoas nas minhas descrições — uma senhora bem senhorinha mesmo e o garoto maconheiro, os meus vizinhos de porta. Devo dizer inclusive que a espessura da parede que me separa dos dois apartamentos é a metade da largura de uma amêndoa. Muito, muito fina. Você pode imaginar, então, como eles me causam certa perturbação.

Miss Bubble é o nome da senhora. O nome do garoto é André, mas não tenho por que falar dele agora. A idosa, no entanto, vale uma atenção.

Eu não consigo entender uma palavra do que ela diz. Não é culpa do sotaque estranho que ela tem, mas é que ela fala muito enrolado mesmo, como eu saindo da anestesia (comentarei sobre isso depois), mas o papagaio dela consegue, inexplicavelmente, entender qualquer palavra, e como todo bom papagaio, as reproduz. Ele sim, sem sotaque e de maneira clara, permitindo que eu escute e compreenda se estiver segurando um copo de vidro bem fino contra a parede.

O nome do papagaio é Blue Feathers. Eu nunca o vi pessoalmente, mas tenho para mim que ele deve ser uma espécie de papagaio azul, se é que papagaio azul existe.

Sempre imaginei o Feathers, ou Pimpolho — como eu o apelidei —, sendo um machão. Recentemente mudei de opinião. Homem hétero não tagarela o dia inteiro, isso é exclusividade feminina ou dos gays.

Ok, toda regra tem sua exceção. Eu mesma conheço um homem hétero que por um período não parava de falar. Ele tinha acabado de ser traído pela mulher e, na minha opinião, qualquer um faria o mesmo nessa situação: falaria sozinho o dia inteiro, trancado no banheiro, ouvindo Cindy Lauper. Se fosse nos dias de hoje, seria Lady Gaga. Ou no mínimo Beyoncé. Bom, pode até ser que ele não se encaixe exatamente na categoria "machão" à qual estava me referindo, mas até onde sei... Não, eu não sei nada sobre ele. Depois pergunto para a minha mãe, ela deve conhecer mais o sobrinho dela do que eu conheço o meu primo. Mas deu para entender o meu argumento. É provável que o Pimpolho seja uma papagaia. E Gerluce é o nome daquela vaca ladra. Pronto, falei, eu não me contenho.

SOLIDÃO ACOMPANHADA 37

O CONVITE

Fui convidada por minhas ex-colegas de colégio a participar de um evento. Não um evento propriamente, mas um reencontro da turma em um boteco qualquer.

O convite chegou via *invite* no Facebook.

Se o Facebook serve para alguma coisa, essa coisa é resgatar do passado pessoas que sem ele você provavelmente nunca mais veria na vida. E muitas vezes, ou na maioria, por opção. O que não faz o instinto de popularidade em uma rede social?

Buscamos antigos amigos, ex-amigos, nunca-foram-amigos, vizinhos, o porteiro Heraldo — uma pena ele não saber usar muito bem o celular — e qualquer pessoa que se tenha conhecido e ainda se saiba o nome. Certamente não é sendo verdadeiro e seletivo que você consegue alcançar a marca de 4.780 amigos em seu perfil. Infelizmente essa marca não é minha. Ainda. Para conseguir atingi-la, há pouco adicionei quatro motoristas de Uber, um de táxi e dois dos jovens com quem tive uma discussão no condomínio — pela internet, acho que eles nem sabem quem eu sou.

Passo o meu tempo na *timeline* vendo fotos de viagens à Disney, de filhos recém-nascidos e *gifs* de gatinhos fofos que todos eles postam. Além, claro, dos resultados dos importantes desafios aos quais se submetem: Que profissão você teria? Que celebridade você seria? Como você era há dez anos? Poste fotos comparando.

Qual o intuito do Facebook? Induzir pessoas à depressão e com isso criar mais dependentes do mundo virtual, onde viagens à Disney e gatos fofos que abrem torneiras são possíveis? Ora, não faz o menor sentido. Por isso o único teste que compartilho em minha página é o de trava-línguas. Três tigres tristes trilharam a trilha do trigo. Desculpe se travei sua língua, não foi minha intenção.

Sobre o *invite*: eu quero ir? Não. Alguém gosta desse tipo de reunião? Acho que não. Mas vão? Sim. Eu vou? Com certeza! "Comparecerei." Essa foi a minha resposta entre as opções disponíveis. Seca, porém efetiva.

Não se trata de ser gentil em aceitar o convite, e definitivamente não tem nada a ver com sentir saudades daquele tempo e daquelas cinco criaturas. Criaturas, não pessoas. As quais detestei imensamente durante os quatro últimos anos de escola.

Nós sempre encontramos um motivo para justificar a nossa participação nesse tipo de *revival*, não? Mostrar a nossa profissão, namorado, carrão, plástica.

Eu vou para esnobar, agora que aprendi como fazer isso. Não tenho namorado, carrão ou plástica, então vou apostar na suposta importância da profissão. Vou dizer que sou decoradora, pois sou; maquiadora, também; diretora; roteirista; talvez inventar mais uma ou duas profissões para dizer que estou por cima. Coisa que não estou, mas também não estou por baixo. É o tal do equilíbrio. Além disso, quero reencontrar o Carlão. Ah... Carlão! O sexto elemento dessa turma de sete. Meu futuro namorado.

Depois eu falo dele. Agora tenho que me concentrar em outras coisas de suma importância: fazer a mão, cabelo, bronzeamento artificial e compras — vestido, sandálias, óculos escuros, brincos, anéis e maquiagem. Basicamente eu tenho que construir um outro eu, mas vale a pena.

Não há sensação melhor do que encontrar aquelas pessoas que você não vê há séculos e desbundá-las com o seu ar de superioridade. Com a minha fantasia de "chique-descolada" e o meu alto nível de intelectualidade, posso dizer que vou ficar um pacote completo. Charme e esperteza são de enfeitiçar qualquer um. Estou pensando no Carlão, claro! Quanto às meninas, só quero que morram de inveja. Quem não quer?

Tenho sentido algumas dores na parte inferior do meu abdômen há alguns dias. Eu tinha me programado para fazer uma pesquisa na internet sobre as possíveis causas desse incômodo, mas não vai dar. Com esse convite de última hora, tive que mudar cada um dos meus planos para a semana e me dedicar exclusivamente a melhorar a minha aparência.

Tenho dois dias e meio para fazer isso e, sinceramente, estou um pouco perdida. Nunca me arrumo demais porque sou muito confiante. Mesmo sendo muito confiante, para ir a esse encontro precisarei me arrumar demais.

É interessante o fato de eu querer impressionar essas pessoas desinteressantes que foram minhas colegas de classe. Deve ser alguma coisa de instinto feminino. Se bem que marcar território é uma característica masculina em quase todas as espécies. Mas não importa. Estou tentando me convencer de que estou fazendo isso pelo Carlão.

Cá entre nós, o meu subconsciente ainda saberá que é por elas. Coisas de instinto feminino, e eu nem achei que tivesse um.

Acabei de voltar das compras, trazendo decepção nas minhas sacolas. Com o dinheiro que levei, não daria mesmo para comprar nada que impressionasse nem a Miss Bubble e o seu Heraldo, quanto mais os cinco detectores de defeitos com quem vou almoçar e o Carlão. E olha que a Miss Bubble quase não enxerga e o seu Heraldo... Bom, esse aí não enxerga mesmo.

Enquanto estava nas lojas me senti como em *Uma linda mulher*, antes de a protagonista ficar rica e deixar de ser prostituta.

Em algum momento, na joalheria, eu até perdi o controle e falei alto, esbravejando:

— Puta que pariu, eu não tenho dinheiro para comprar nem metade de um brinco, quanto mais o par!

O segurança da Tiffany & Co. me segurou delicadamente pelo braço e pediu com severidade que eu saísse e não voltasse nunca mais. Não foi por causa do berro, foi porque, enquanto eu falava, levada pela emoção, atirei o brinco contra a vitrine, que trincou instantaneamente. Já quanto à integridade da joia, não sei dizer porque não fiquei tempo suficiente para que me cobrassem por qualquer dano. Ainda bem que o segurança me tirou de lá o mais rápido possível.

Então eu pensei: "Se não for para usar um brinco da melhor loja de joias da qual eu já ouvi falar e da qual o cinema americano não nos deixa esquecer, melhor não usar brinco nenhum". Isso foi antes, claro, de eu passar em frente a uma loja furreca que ostentava em sua vitrine um par de brincos dourados com strass. Comprei. São tão pequeninos que juro que parecem de ouro com brilhante quando vistos de longe e com o cabelo cobrindo uma parte.

Passei o dia inteiro no shopping e o resultado das compras tinha sido apenas isso, a biju vagabunda, nada na carteira e raiva do meu pai, que não colabora financeiramente com a minha sobrevivência social.

Eu me perguntei o que seria mais interessante: ter um acessório lindo e uma roupa básica ou uma roupa deslumbrante sem a necessidade de acessórios?

Como a minha indagação veio uma tarde e um começo de noite atrasada, porque todo o meu dinheiro já havia sido gasto no par de brincos, rezei para ser a primeira opção.

Uma tarde inesquecível

FUI A PRIMEIRA A CHEGAR. Vinte minutos de espera em uma mesa no canto do boteco e nem sinal deles.

Aproveito para checar minha *timeline* no Facebook. Ah, que legal! *Gifs* de gatinhos fofos abrindo torneiras. Quem gosta nunca se cansa deles. Passo reto pelas viagens à Disney, pois sinto que já conheço cada canto desse popular parque temático. Ao contrário do que acontece com os *gifs* de gatos de verdade, há um momento em que fotos de ratos falsos perdem a graça. Visito também a minha página no Instagram onde sigo *digital influencers*, subcelebridades e fotógrafos de flor. Tenho um perfil *fake* com o nome "Reagby". A escolha é uma homenagem aos Beatles, que fizeram uma música em homenagem a uma mulher de nome parecido com o meu. Dessa forma, posso assistir tranquilamente aos *stories* das pessoas que estalqueio sem ser descoberta.

No Instagram não consigo visualizar as contas de ninguém que vai ao encontro. São todas páginas que, em vez de fotos na praia ou no fundo da academia tomando isotônico e *posts* com frases motivacionais, exibem apenas um desenho de cadeado, informando que só é possível seguir quem o dono do perfil aprovar mediante solicitação. Como em uma festa VIP.

Quem inventou o cadeado no Instagram? Aposto que foi o mesmo que permitiu a desativação das flechas azuis do WhatsApp. Há um risco de retrocesso se começarmos a proteger a liberdade de escolha e a privacidade das pessoas depois de tempos de franca exposição.

Acredito que o Instagram tenha perdido parte de sua funcionalidade agora que não podemos mais bisbilhotar a vida de quem não quer ter a vida bisbilhotada. Ainda bem que há no mundo *influencers* e subcelebridades.

Poderia enviar a tal da solicitação para as meninas, claro, mas depois de esperar meses para me incluírem como amiga no Facebook, não vou me submeter a isso novamente. Nem eu, nem a Reagby. Elas não valem a pena. E também, a única marca que quero atingir é a de milhares de amigos no Facebook, e não a de quantas pessoas eu consigo seguir no Instagram. É deprimente seguir mais do que se é seguido. Eu acho.

Desculpe, não quis ofender. Eu estava só brincando!

Sou obrigada a voltar ao Facebook e lá, sim, consigo ver as postagens das "amigas".

Fotos na praia, que novidade, e *selfies* — comendo cachorro-quente com batata palha. Quem diria?! Talvez os perfis tenham sido hackeados. Pelo menos não há registros de viagens ao parque temático que conheço tão bem.

Baseada nos resultados dos testes, anseio encontrar logo mais as pessoas que seriam: juíza, amazona, médica, atacadista e astronauta. Será uma conversa interessante e bastante realista.

As fotos do desafio de dez anos revelam que não há nada nelas de dez anos atrás, a não ser o nome. Bem, nem mesmo o nome, já que usam apenas uma abreviação, seguido do sobrenome também abreviado. Isso me deu um trabalho enorme quando tive que localizá-las no Facebook pela primeira vez. Lú Mar, Mi Sou, Fê Dias.

Mais do que uma distração, deslizar o dedo pela tela do celular é uma maneira de se sentir confiante estando sozinha em meio a tantas outras pessoas acompanhadas. "Estou aqui, no canto do boteco, sozinha por opção, vendo fotos de *subinfluencers* que comem batata palha na frente da academia, segurando gatos falsos." Você não está mais prestando atenção na tela do celular. E não está sozinha por opção, você sabe disso. Todos sabem.

Em algum momento, me pego pensando: "O Carlão é um atrasado, mas elas... achei que seriam pontuais". Eu esbravejava sozinha. "Mais cinco minutos e depois vou embora!"

Após mais dezessete minutos esperando, *selfies* e ninguém mais na minha mesa, decidi deixar o recinto.

Não acredito que não vieram. Nenhuma delas veio! Será que fizeram isso para me provocar? Para me passar um trote? Será que combinaram de ir a outro lugar, assim, de última hora, e não me avisaram? Será que não avisaram de propósito ou esqueceram mesmo? Ou será que avisaram e eu não peguei o recado... Sacanagem, eu as odeio ainda mais agora. Imagina, trocar de bar de propósito para eu ficar sozinha esperando e me avisar só na última hora, para que eu não ouvisse o recado e, quando ouvisse, não desse mais tempo de aparecer no outro local!

Para a minha surpresa, ou susto, porque estava andando e reclamando em voz alta, sinto uma mão magra agarrar meu braço. Quando viro para ver quem era, dou de cara com uma das cinco, acompanhada das outras quatro. Estavam lá desde a hora em que eu havia chegado, olha só!

— Oi. Vocês por aqui? — Falei sem nenhum tipo de entonação específica, como surpresa, perplexidade ou desânimo, que era o que eu sentia naquele momento. Falei apenas de forma seca, mas sem ser rude, como no fundo eu queria.

— Óbvio. Não combinamos? — disse a Lú.

— De fato combinamos.

— Sempre estranha, né, Lelê?

Eu gosto de ouvir a minha graça pronunciada da primeira letra até a última. Fiquei possessa com esse apelido, mas continuei sem demonstrar isso.

Neste momento, a Mi entra na conversa:

— Não começa, Lú. Eu falei que não era para convidar. Se convidou, aguenta. Ela sempre foi assim, estranha.

Não sei como descrever exatamente o que senti naquele momento. Algo entre dor no abdômen e perplexidade. Jamais falaria assim de alguém se esse alguém estivesse ouvindo. Até falaria… Mas só se fosse verdade. Nesse caso não era, porque eu não sou estranha.

Respirei fundo.

"Fiquei surpresa porque eu já estava aqui há um tempão e achei que vocês não tivessem vindo. Como uma mesa com cinco pessoas fotocopiadas pode ter passado despercebida por mim? Aliás, sobrou alguma coisa do original de vocês?"

Touché! Ah… Se pelo menos eu tivesse tido o trabalho de falar tudo isso ao invés de só pensar, o placar teria ficado empatado em um a um. Nesse momento me disperso e começo a cantarolar mentalmente a música "Se", do Djavan.

Sentada àquela mesa, na companhia daquelas garotas que sempre se acharam melhores do que os outros por serem ricas, bonitas e oferecidas, tive a nítida impressão de que, sim, eu era de fato diferente. Ainda bem. Me senti feliz por isso, especial.

Ser estranha em uma mesa de mulheres que mais pareciam ter saído das serigrafias de Andy Warhol, com peitos miligramicamente siliconados e uma quantidade de maquiagem que eu nunca conseguiria pagar é motivo de orgulho, eu acho.

Vestindo jeans, camiseta branca, tênis e um brinco de ouro com brilhante, acredite, eu era a mais elegante do grupo.

Ser elegante para mim é ter serenidade, e com certeza eu era a mais serena da mesa. E também a única que não falava permanentemente em tom agudo, que respirava entre as frases e que não apresentou vícios de linguagem em momento algum. É, eu sou mesmo especial.

Enquanto elas falavam sobre dietas e namorados, eu estava pensando no Carlão, que não tinha aparecido.

Como ele não apareceu sabendo que eu estaria aqui? Ou será que ele não soube? Provavelmente disseram a ele que eu não estaria, e por isso ele nem quis vir. Não acredito que ele não veio. Será que ele ainda vem?

O Carlão sempre foi aquele rapaz atlético, porém baixinho, bonito e que sabe disso, que deixa qualquer garota de escola apaixonada. Todas nós éramos loucas por ele. Capitão do time de futebol, o melhor aluno em todas as matérias e ainda participava de concursos de dança de salão. Um pouco estranho, é verdade. Mas ser estranho é motivo de orgulho, como acabamos de aprender. E, pelo menos, era capitão do time de futebol.

Após as aulas, eu tirava dúvidas de matemática com ele. Não é novidade para ninguém que nunca fui muito boa com cálculos, mas, mesmo que fosse, ainda assim tiraria dúvidas com ele.

Tentando parar de pensar sobre o assunto, mas ainda torcendo para que ele pudesse chegar a qualquer momento, peguei um pedaço de torresmo que insisti para pedirmos, porque não sobrevivo só de salada — e eu nem como salada em bar porque não acho higiênico — e a última coisa da qual me lembro desse fim de almoço foi colocar o pedaço de carne esturricada e oleosa na boca, juntar a ele um pedaço de miolo de pão e beber um gole de refri para ajudar tudo a descer.

Eu engasguei, desmaiei e estraguei a tarde das seriguelas. Aliás, achei estranho desde o início elas terem escolhido almoçar em um bar, mas elas explicaram que fizeram esse esforço para que eu pudesse participar da reunião e pagar a minha parte da conta.

Não é justo que, com tantas bocas de trapo, justo a minha tenha se engasgado. O desmaio, no entanto, não foi por esse motivo...

O motivo

Eu descobri sobre a minha dor abdominal da pior maneira possível. Não tive tempo de fazer a minha pesquisa no Google e deu no que deu. Irresponsabilidade talvez seja o meu quarto defeito. Preciso rever isso, porque os defeitos já estão virando um monte.

Recapitulando o final trágico do almoço que tive com as meninas: acabei no chão, desmaiada por causa do engasgo. Pelo menos isso era o que se pensava. Mas não, o desmaio não foi culpa do engasgo. E a culpa do engasgo foi do torresmo, disso eu tenho certeza, não foi do pão.

Falando assim sobre o meu desfalecimento parece que foi algo simples e natural. Não foi. Eu ainda não comentei a parte mais importante. Juntamente com o engasgo eu senti A dor.

Durou pouco tempo. Coisa de minutos. Segundos, talvez. Mas segundos brutais e intermináveis como os dias na Antártida. Ou no Ártico... Em qualquer lugar onde os dias são intermináveis.

Eis a descrição desse tipo de dor: brutal e interminável. Como se mil facas estivessem dilacerando desde a pele mais superficial até o último nervo, passando por músculos, vasos, órgãos, moléculas e penetrando o âmago da alma. Uma dor profunda que desce pela perna, apenas uma delas, sobe para o coração, apertado, porém pulsante, e desorienta o resquício de lucidez que sobra em uma mente desesperançosa. Faz com que o enfermo se jogue no chão e venda sua alma por morfina.

Um pouco dramático, eu achei, mas a internet costuma dar informações certas e precisas sobre doenças e acontecimentos.

A sorte foi que eu desmaiei antes de tudo isso acontecer. E verdade seja dita, minha alma permaneceu intacta, assim como a minha mente, que nunca é abalada. E o engasgo de fato dividiu a minha atenção, aliviando assim um pouco dos sintomas que eu cheguei a sentir, por apenas alguns segundos. Três ou quatro, eu acho.

Após o incidente acordei em uma cama de hospital, ainda com dor e sentindo um líquido invadir minha veia. Olho para o lado e vejo um rapaz franzino, de avental.

— Quem é essa criatura? — gritei.

Bom, não foi exatamente um grito porque eu não tinha forças para isso, e aposto que a tal da criatura não entendeu a minha pergunta, porque descobri ter uma leve tendência a enrolar a fala quando estou saindo da anestesia, tipo a Miss Bubble falando em um dia normal. Mas descobri logo depois que ele era um garçom do boteco e, na verdade, estava mais assustado do que eu.

Ainda tonta, perguntei se ele estava lá para me cobrar a conta. Ele deixou um papel em cima da mesinha do quarto e foi embora como um zumbi. Não tive como levantar para ver o que era aquela porcaria de papel e o pessoal da limpeza depois jogou fora. Mas eu juro, se aquilo era a conta do bar, nunca mais volto naquela espelunca. Que ousadia! Me cobrar naquele estado! Por outro lado, se não era uma conta, e sim algum tipo de bilhete me desejando melhoras, eu deveria passar lá e agradecer pela gentileza de ter sido acompanhada até o hospital, já que nenhuma das ex-colegas me ajudou.

Vou aproveitar e perguntar se o Carlão apareceu depois de eu ter sido levada embora. Já pensou se o pedaço de papel era um bilhete dele? Eu gostaria de ter continuado por lá, mesmo desmaiada, e ter sido despertada por um beijo como a Daenerys Targaryen em *Game of Thrones*. Lembra desse episódio? *Game of Thrones* não é mesmo referência para tudo?

No final das contas, não valeu nem um pouco a pena eu ter ido àquele encontro. Acabei saindo por baixo e não por cima, como eu gostaria. O Carlão, ao que tudo indica, nem apareceu.

Por que não apareceu? Se é que não apareceu. Será que estava hospitalizado como eu estou agora? Coitado. E por que não veio me visitar ou ligou perguntando como eu estava, se ele estava bem e acabou indo? Eu definitivamente teria ligado para ele se ele estivesse hospitalizado, se é que não está.

Se as pessoas respeitassem o *invite* do Facebook respondendo "comparecerei", "talvez" ou "não comparecerei", metade dos problemas relacionados ao *invite* estariam resolvidos. Eu perguntei para a organizadora do evento, a Lú, se ele tinha respondido com pelo menos um "talvez". Ele não respondeu. Ou ela mentiu para mim, como de costume. Todas mentem.

Solidão acompanhada 59

Bem, quem sabe ele vai postar publicamente na rede social o motivo de não ter ido.

O que aconteceu comigo para eu estar hospitalizada, afinal? Eu descrevi a dor, mas não fazia ideia do que a causara.

O verdadeiro motivo que me levou até o hospital foi a inflamação de um órgão cuja função no nosso corpo até agora eu desconheço e que aparentemente não faz falta nenhuma, assim como os sisos. Foram todos feitos para ser retirados, eu acho.

Eu tive apendicite, uma inflamação no apêndice. Não sei se teria havido alguma maneira de evitar o problema se tivesse feito minha pesquisa antes, mas não se chora sobre o leite derramado. Se tem algo que sei sobre o apêndice, e é a única coisa que sei sobre ele, é que, se explodir dentro de você, você morre. O que importa é que sobrevivi.

Claro, tem outras coisas que importam. Por exemplo: percebi que lá estava eu, estirada em uma cama hospitalar, sozinha e sem uma pequena parte de mim. Ou uma grande parte, talvez, já que eu não sei qual é o tamanho de um apêndice. Parece pouca coisa, mas me ajudou a ver o mundo de outra maneira. Percebi que precisava de um amigo para estar comigo nas minhas horas mais difíceis.

— Saindo daqui — decidi —, vou à procura de um.

Quando voltei a perceber que tinha uma agulha alojada na minha veia, injetando um líquido que percorria o meu corpo inteiro, e já um pouco mais lúcida porque o efeito da sedação havia passado, eu desmaiei.

Tenho pavor, como já mencionei, de agulha, pavor de verdade, e não suporto cheiro de hospital. Ainda bem que o corpo humano só tem um apêndice. Assim não corro o risco de voltar para esse lugar.

ÚLTIMAS NOTÍCIAS

Estou morando com um papagaio!

Bom, tudo bem, não é qualquer papagaio, é o Pimpolho. Ou Pimpolha, no caso de ser uma papagaia. Ou Blue Feathers — como Miss Bubble o(a) chamava.

Ah, outra notícia é que ela morreu.

Hoje de manhã acordei e não ouvi nenhum barulho na casa da minha vizinha. Estranhei e chamei o seu Heraldo para ver o que estava acontecendo, afinal essa quietude nunca havia acontecido antes.

Todos os dias de manhã Miss Bubble acordava e acordava o bichinho. Os dois prontamente começavam a falar. Blue pedia o pão, ela dava. Ela pedia o pé, ele reclamava... Era todo um ritual. E hoje, nada. Nenhum barulho. Nem o tilintar dos talheres caindo no chão ou o som alto que vinha do disco de rock de 78 rotações.

Como ela nunca saía e o silêncio do Feathers era incompreensível, deduzi que só podia ter morrido. A ave, não a velhinha. Mas havia sido ela, afinal, a Miss Bubble. E quando pediram para que eu cuidasse de Blue, acabei descobrindo que tinha algo em comum com aquela mulher solitária que reclamava da vida, dos outros, e que não tinha paciência com ninguém — a ironia dos nomes dos nossos animais de estimação.

Não é que Blue Feathers era um papagainho verde?! Assim como o Dourado é laranja com listras azuis! Fora isso, somos completamente diferentes, ela e eu. Mas é engraçada essa coincidência, não?

Estou louca para ver como é o apartamento da Miss Bubble! Quando conseguirem tirar o corpo da banheira, acho que vou poder entrar. Não que eu não possa entrar agora, mas essa é uma imagem que eu definitivamente não vou querer ver: uma senhora roliça, de cabelo roxo, corcunda, com uma tatuagem de caveira abaixo do quadril, nua, entalada na banheira e ainda por cima morta… Urgh… Melhor não. Acho que não… É, vou pensar. Tem tempo ainda.

QUEM PROCURA ACHA?

Após o meu incidente com o apêndice, decidi que tenho dois objetivos muito claros para perseguir: encontrar um amigo, em caso de eu precisar dele para uma emergência, e um trabalho, em caso de eu precisar de dinheiro para qualquer ocasião. Acho melhor não ser um amigo propriamente dito, porque eu tenho tendência a me apaixonar. Amiga pode dar mais certo. Encontrar uma amiga e um trabalho.

Esse último é um assunto complicado.

Enquanto morava com os meus pais, fiz alguns cursos por aí. Sou qualificada para o mundo profissional. Já fiz um curta-metragem chamado *Desvio de rota*, muito bom por sinal. A intenção era lançá-lo pela Netflix, mas por enquanto está em exibição apenas em meu canal do YouTube.

Sou roteirista e diretora, como pretendia contar naquele almoço com aquelas pessoas, mas o fato é que não tenho exatamente trabalhado nos últimos tempos. Outro fato é que o mundo aumenta os custos e o meu pai não aumenta a minha mesada.

Está certo que o aluguel do meu apê não é caro, mas com o dinheiro que sobra mal tem dado para comer. E de comer eu não abro mão.

Agora que, somando tudo, eu tenho um papagaio, um peixe, em breve outro peixe, em breve o Pumba, e estou pensando em começar a alimentar a lagartixa que vive no parapeito da minha janela, preciso pensar como chefe de família. E não é fácil sustentar uma família, todos têm que comer. E em restaurantes estrelados de vez em quando.

Outro objetivo para somar aos outros dois é reconquistar o Carlão, já estava esquecendo. Nesse caso, eu posso substituir pelo amigo. O que vier primeiro! Que venha o Carlão, então. Já estou até pensando no nome da peixinha laranja que vou dar de presente para o Dourado: Marrom. Em homenagem à cantora.

Se eu comprar também um papagaio para a/o Blue, ele pode se chamar Falcão. Em homenagem ao cantor, não ao ex-futebolista e atual comentarista esportivo. Nada contra, mas esse último não canta. Ou até Falcão Negro, por causa do filme. Ou no caso de ele ser preto mesmo, se é que existe papagaio dessa cor.

Eu adoro dar nomes! Preciso ver que tipo de animal combina com Adalgísia.

Talvez um ouriço.

DIEGO

NEM BEM O PRESUNTO SAIU DA GELADEIRA, o pão já está indo para a despensa. Quem disse que eu não sou fã de trocadilhos, afinal?!

Eu explico.

Miss Bubble morreu, o apartamento foi posto à venda. Já há um comprador.

Isso tudo aconteceu em menos de duas semanas, acho. Muitas novidades. O rapaz interessado na compra é o pão ao qual eu estava me referindo. Lindo, lindo, lindo e gostoso. Um pouco malandro, eu acho, mas com aquele corpo todo, ele pode tudo.

Sei que seu sonho de criança era ser juiz de direito, é a cara do Bradley Cooper e, dez anos atrás, não tinha o bigode chinês tão acentuado como agora. É pelas marcas de expressão que percebemos que o tempo passa e que estamos envelhecendo depressa. Está feliz, Facebook?

Apesar do desserviço, tenho que admitir que essa rede social também é de grande utilidade pública e privada. É assim que sabemos que o Diego também vai a Orlando, como todo reles mortal que pode parcelar suas viagens e as colocar como foto de perfil e pano de fundo; posta *gifs* de gatinhos fofos como todo reles mortal que gosta de gatinhos e, ainda bem, não tem filhos recém-nascidos — pelo menos não há fotos nem lá, nem no Instagram, nem no Twitter, e em breve saberei, com sorte, que nem na foto do WhatsApp. Estou só esperando ele me passar o número. Com sorte, será em breve.

Ele gosta de ir à praia e beber isotônico, de ir à academia e comer cachorro-quente. Nada de novo por aqui também.

Ontem ele passou um tempão dentro do apê para verificar instalações, mobília, pintura etc. A residência da Miss Bubble é praticamente uma casa mal-assombrada. Precisa de uma reforma urgente e quase geral.

As paredes roxas devem ter sido em homenagem ao cabelo dela. Ou o contrário, mais provavelmente. O tom era idêntico, impressionante. Espero que o cabelo dela tenha sido pintado com tinta de cabelo mesmo, e não de parede — se foi de parede, isso pode ter ocasionado a morte dela, aos poucos —, ou que a parede não tenha sido pintada com a tinta de cabelo dela — nesse caso, pelo menos vai ser fácil de sair.

Os móveis são pretos, e também as cortinas. Assim como os azulejos da microcozinha e o carpete da sala — que não sei se é escuro mesmo ou se ficou assim de tanta sujeira acumulada.

Os quadros de pintura abstrata foram feitos com tinta vermelha e também, puxa, que surpresa, preta. Tudo muito *dark*, aterrorizante, a não ser pelo jogo de jantar de porcelana grega, branca como leite. Se ninguém der falta, eu pego para mim.

O rapaz vai jogar tudo fora e reconstruir uma nova moradia, eu acho. Tomara. Imagina ir visitá-lo e ter que passar o dia inteiro na caverna do diabo? Esses são os meus planos: visitá-lo e passar o dia inteiro lá.

Ainda bem que ele vai mudar a decoração. Tomara.

Pronto! Ele comprou mesmo o apartamento e eu ofereci a ele toda a minha prestação de serviços.

— Eu posso te ajudar a decorar o seu apartamento. Sou decoradora — arrisquei.

— É mesmo? — ele perguntou, simpático.

— Claro.

— Assim... na amizade?

— Você é meu amigo?

— Não.

— Então não, sinto muito, vou ter que te cobrar.

É incrível como as pessoas tentam tirar vantagem em tudo. Veja só, pedir para eu trabalhar de graça!

Uma vez, li as seguintes frases: "Não me peça para fazer de graça aquilo que me sustenta" e "Se o seu trabalho não custa nada, ele não vale nada". Essa última, li na internet. A primeira eu não sei, vai ver até que é minha.

O fato é que eu não trabalharia de graça nem para o meu marido. A não ser que o meu marido fosse o Carlão e ele já tivesse me pedido em casamento.

Diego me fez uma contraproposta:

— Lelê, não vou ter como te pagar em dinheiro, mas posso te oferecer algumas refeições em troca, sou chef de cozinha.

Ele me ganhou no "Lelê". Fiquei apaixonada quando ouvi esse apelido fofo.

Aceitei o convite antes de ele ter terminado a frase, assim que ouvi a palavra "refeições". Sendo cozinheiro, então, não pediria nada melhor.

Infelizmente a minha parceria com o Diego terminou. E devo dizer que foi antes de começar.

Ele não é exatamente um chef de cozinha, como havia me dito. Ele é ajudante de cozinha em um "restaurante" japonês. Um pé-sujo de quinta que vende peixe cru com arroz. E yakissoba, que é comida chinesa. Ou seja, uma zona.

Eu não gosto de comida oriental, e como eu iria alimentar o Dourado com a mesma comida, não teria coragem de obrigá-lo a comer peixe, um animal da mesma espécie que a dele. Eu não mandaria o(a) Pimpolho(a) comer um periquitinho por exemplo. Não faz o menor sentido.

É uma pena, porque levo o maior jeito para ser decoradora e a bagunça que está aquele apartamento merecia um trabalho competente.

Eu poderia fazer o 2x4 dele parecer um 9x6. Faria um jogo de espelhos para ampliar o ambiente e ainda colocaria uma pintura na parede retratando uma sala de estar enorme, dando extensão à dele. Essa forma de montar o ambiente é baseada em ilusão de ótica, segundo o Pinterest. E ilude mesmo. Iria parecer que ele tem um apartamento com uma baita sala de estar. E ele nem tem.

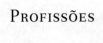

Além de ainda precisar ganhar algum dinheiro extra, sinto que é um desperdício eu ficar em casa sem dividir com o mundo as minhas inúmeras e ótimas habilidades. Acho bacana trabalhar para poder ajudar os outros.

Antigamente, havia profissionais dedicados a ajudar pessoas que, como eu, tinham dúvidas sobre qual carreira seguir. É difícil mesmo ter aptidão para tudo e ter que escolher sozinha apenas três ou quatro ofícios. O teste vocacional feito por psicólogos capacitados esclareceu muita gente nos anos noventa. Hoje em dia, acredito que essa prática em consultório tenha ficado tão obsoleta quanto girar uma manivela para abrir o vidro do carro, fazer café no bule e insistir naquele bico de pato nas fotos.

Agora, com uma simples pesquisa no Facebook e em sites como o BuzzFeed, é possível ter uma ideia madura e concreta, assim como um direcionamento sincero do que fazer nos seus próximos anos de vida. Além de descobrir que você deve ter feito algo de muito errado nos últimos dez para seu desafio de comparar as fotos ter um resultado desses.

Abaixo, indico os melhores testes e mostro como os resultados foram reveladores para mim.

Qual profissão mais combina com você?
Por eu não me abalar facilmente, entender bem minha própria mente e ser líder, devo ser uma empreendedora.

Que profissão hipster mais combina com você?
Por eu ter escolhido *Antonio Alves, taxista* como exemplo de trabalhador da ficção, acendedor de postes como profissão antiga e caramelo com pão de alho como novo sabor de sorvete, devo ser uma visagista de barba e bigode.

Este teste dirá qual profissão mais combina com você.
Por eu não tomar minhas decisões de acordo com números e dados e não buscar a neutralidade; por querer mudar o mundo e ajudar as pessoas, e por ser um(a) líder nato(a) que supervisiona as outras pessoas, devo trabalhar nas áreas de tradução, relações públicas, designer gráfico, assistência social e empreendedorismo.

Espera... É assim que eles pretendem nos ajudar a escolher? Dando cinco resultados? E por acaso eles sabem quanto ganha um assistente social? Esse site de testes eu não recomendo.

Qual profissão é a sua cara?
Pela minha matéria favorita na escola ter sido matemática, por eu gostar de ficar nas redes sociais e por assistir frequentemente a *How to get away with murder*: Medicina.

Desculpe, estava apenas brincando nesse último. Respondi errado à primeira pergunta propositalmente e apenas escolhi *How to get away with murder* como a série mais assistida por mim porque não havia as opções *Lost* ou *Game of Thrones*, que é referência para tudo. Se Medicina fosse "a minha cara", eu estaria em maus lençóis, como você deve ter imaginado. Que bom que você já me conhece tão bem!

Refiz o teste, agora com toda a seriedade que a ocasião exige, e o resultado foi: Direito. Agora sim, uma profissão que faz justiça a quem eu sou.

Perdoe a minha mania de trocadilhos, às vezes fica insuportável até para mim.

Já satisfeita com os conselhos cibernéticos a respeito de dúvidas de trabalho, aproveitei minha visita aos sites para definir outras questões importantes:

Qual música poderia descrever sua vida?
Lady Gaga.
Estou ciente de que ela não é uma música.

O que diz seu cartão de dia dos namorados?
Você não tem namorado.

Refiz o teste. O resultado foi: Você não tem namorado.
Com isso é possível ver o grau de assertividade do teste.

Crie um namorado de ovo e diremos se você está solteiro(a).
Pelo que pudemos ver, você está SOLTEIRO(A).

Eu já entendi! Que mania de perseguição!

Você ficou curioso(a) em saber no que consiste o teste "Crie um namorado de ovo?". Veja a seguir:

Do que seria feita a cara de ovo do seu namorado?
a) Só um ovo.
b) Uma omelete.

Escolha os olhos para o lindo rosto do seu namorado:
a) Dois ovos fritos.
b) Dois ovos cozidos.

Para a boca:
a) Boca de ovos mexidos.
b) Boca de ovo poché.

Não sei usar bem o meu tempo na internet?
Próxima!

Você é barraqueira?
134% barraqueira.

Há alguém especialista em matemática para me dizer se esse cálculo está correto?

E por que a pergunta não veio com a duplicidade de gênero como as outras? O certo seria "Você é barraqueiro(a)?". Por acaso eles acham que homem não faz barraco? Meu primo faz, aquele sobrinho da minha mãe.

Também não recomendo esse site.

Será que você deveria ser de um signo diferente?
Sim, Áries ou Touro.

Você tem o signo mais bem-sucedido do planeta?
Sim.

O teste foi realizado sob o signo de Áries, depois sob o signo de Touro. Nenhuma novidade que sejam os dois signos mais bem-sucedidos do planeta.

Em que animal você se transforma quando fica com raiva?
Salamandra.

Qual famoso tem o mesmo signo que você?
Lady Gaga.

Qual famoso tem o mesmo signo que você?
The Rock.

Qual queijo da pizza de quatro queijos você é?
Todos. Menos o Catupiry.

Decidi parar quando me aborreci após fazer um teste de Q.I. Nele, a apresentação dizia que ninguém era capaz de acertar 100% das perguntas. Respondi a todas elas. O resultado foi: "Gênia". Não foi revelado, no entanto, quantas respostas acertei. Que eu era uma gênia, já sabia. Quero a informação de quantas respostas eu acertei. É o meu direito como internauta, cidadã e gênia.

Acabei elaborando eu mesma uma lista, voltando ao assunto das profissões. E respondi eu mesma, para servir de modelo para você. Será importante depois que você se aborrecer com testes da internet que não dizem qual a sua porcentagem de genialidade. Eu diria que a minha é 96%.

Só por curiosidade, qual foi o resultado do seu teste do ovo? SOLTEIRO(A) também? Assim, em LETRAS GARRAFAIS, para todo mundo ver?

Sobre a lista que eu mesma elaborei... Seguem os exemplos, veja como é fácil! Basta citar as carreiras existentes e descrever o motivo de ser ou não compatível com a sua personalidade.

Engenharia: Não sei por que, mas a primeira profissão que me veio à mente foi engenheira. Há um problema, no entanto: a quantidade de engenheiros que viram taxistas me espanta. E de Uber Black. E se isso acontecer comigo? Não poderia continuar porque eu não gosto de dirigir para estranhos, além de não possuir um carro chique com água gelada e balinhas de limão.

Arquitetura: Tenho um problema aqui também. É pequeno, mas acho que pode atrapalhar: não sou boa de cálculos. Claro, existe calculadora, eu sei, mas e se eu tiver que fazer uma conta rápida, assim, com papel e caneta? Ligo para a polícia? Tenho uma certa dificuldade com números múltiplos de oito, por exemplo. Até hoje não consegui decorar quanto é seis e sete vezes oito. Não adianta, não consigo mesmo. Só aí já podemos descartar as possibilidades de eu ser arquiteta, contadora, professora de matemática e dona de loja. E motorista de táxi ou de Uber Black, se tiver que calcular o troco.

Direito: Tenho o poder da argumentação e penso até que seria muito interessante tentar elaborar a defesa de um criminoso. Deveria assistir mais vezes a *How to get away with murder* e aprender melhor as táticas da série.

Medicina: Se tenho uma fraqueza, e essa é a única fraqueza que eu tenho, é relativa a assuntos médicos, procedimentos, materiais, nomes de doença e enfermos em geral. E sangue. Nem ketchup eu como.

Biologia: Não quero.

Publicidade: Não gosto.

Música: Devo confessar que os meus vizinhos me fizeram perder a paciência com essa arte. Fiquei traumatizada, eu quase a odeio agora.

Empreendedorismo: Embora seja a profissão que mais combina comigo segundo o teste "Qual profissão mais combina com você?", acho melhor não.

Esporte: Sou gulosa e sedentária. E uma vez acertaram a bola no meu rosto durante um jogo de queimada.

Odontologia: Se encaixa na categoria de profissões que envolvem sangue e nomes de doença. Além de eu ter nojo da boca de certas pessoas.

Psicologia: Nem com toda a minha paciência, e olha que eu tenho muita, eu seria capaz de aguentar. Nem o estoque completo de paciência de todo o Universo seria suficiente para eu suportar todos os sessenta minutos da sessão com um paciente. Quanto mais dois pacientes em um mesmo dia. Ou três, em uma semana.

Desenvolvimento de software: Se não for necessário fazer cálculos...

Marcenaria: Cálculos. Poeira. Sangue.

Gastronomia: Alergia a alguns alimentos. Sangue, se eu considerar que posso me cortar com a faca.

Perfumaria: Alergia a algumas essências.

Floricultura: Alergia a flores em geral. Embora de longe eu consiga tirar fotos.

Jornalismo: Jornalismo!

Quem é inteligente muda de ideia

Eu não sei o que passou pela minha cabeça quando cheguei a cogitar o jornalismo. Às vezes penso que é uma profissão que não está sendo valorizada como deveria.

Certa vez, relatei a um repórter que estava na frente do meu prédio que eu havia acabado de presenciar uma cena em que um rapaz estava dormindo com a cabeça enfiada em um vaso de samambaia, sem um dos chinelos e com uma parte do short rasgada. Essa era uma boa notícia. "O que teria acontecido com ele antes disso?!" Certamente as especulações dariam ibope à emissora, mas o homem simplesmente não se importou. Talvez não tenha acreditado na veracidade dos fatos.

Além disso, creio que não há lugar para a criatividade... Infelizmente, o jornalismo tem dessas coisas. Parece que a notícia precisa ser dada pelo profissional exatamente como aconteceu.

Eu poderia publicar, por exemplo, que um pai amarrou o filho de dezoito anos no pé da cama com medo de que ele saísse voando pela janela com seu amigo Super-Homem? Que uma mulher foi flagrada roubando o poste à mão armada? Não roubando um poste. O poste. É, também não. E que um menino ligou para a polícia para pedir ajuda com o dever de matemática?

Como disse, é difícil ser jornalista e pode ser bastante tedioso. Alguns têm sorte de encontrar notícias que sejam mais fantasiosas do que sua própria imaginação, mas são poucos.

Em uma rápida pesquisa, descobri algumas manchetes desses alguns que têm sorte:

"Polícia da Austrália divulga retrato falado de suspeito sem nariz."

Coitado, já não basta ser procurado, ainda por cima não tem nariz?

"Apartamento tem cozinha e banheiro no mesmo cômodo."

Ué, desde quando isso é notícia? O meu apê é tão pequeno que também é quase assim. Saiu por acaso em alguma matéria que eu não tenho área íntima?

"Menino telefona para a polícia para pedir ajuda com dever de matemática."

É verdade que talvez eu não as tenha lido em um jornal, mas os sites de notícias da internet são todos idôneos e conquistaram muitos leitores com seu jornalismo de qualidade, baseado apenas em informações precisas e relevantes, da mesma forma que as melhores mídias impressas.

Jornal de papel! Talvez esteja ficando cada vez mais raro entre as pessoas que não precisam embrulhar bananas ou forrar o chão para pintar paredes.

Eu não sou feirante e não estou trabalhando na reforma do Diego por questões de orçamento, mas não abro mão de comprar jornal. Vestindo um robe de chambre, eu o leio todos os dias pela manhã enquanto tomo uma xícara de chá e me sirvo de croissants com geleia de morango — como todos os intelectuais, pessoas de boa aparência e ingleses fazem. Apenas lamentamos não encontrar notícias de homens sem nariz, rapazes dormindo em vasos e filhos que não podem sair voando pela janela com seus amigos.

Talvez seja essa a explicação de o jornal de papel se tornar cada vez mais raro entre quem não trabalha na feira, quem não está de mudança para uma casa nova ou fazendo uma reforma em sua casa antiga.

Dizem que para você encontrar uma solução, basta ter um problema. Para encontrar uma saída, há que se trilhar um bom caminho. E entender qual o seu caminho.

Descobri com a minha lista de profissões que, embora eu tenha capacidade para muitas delas, nenhuma ainda me parece totalmente adequada. Por isso, penso: "Se o meu problema é dinheiro, e o meu caminho no momento não está sendo uma profissão, certamente a solução será o meu pai."

Após refletir muito, decido que preciso conversar com ele.

Minha primeira tentativa de contato é por mensagem. Escrevo no grupo da família. Ninguém responde. Bom, melhor até, assim a minha mãe não se intromete. Só depois me lembro de que não é só de mensagem em grupo que vive o WhatsApp. Escrevo, então, diretamente para ele, assim a minha mãe com certeza não se intrometerá. Mas ele também não me responde.

Será que a dona Leopolda confiscou o celular dele? Não seria a primeira vez.

Ligo para a residência e é ele quem atende, ainda bem.

Começo desejando bom dia e citando frases motivacionais — acho que é o costume de falar sempre no grupo.

Tento usar um pouco da minha habilidade de argumentação para tentar ganhar o aumento de mesada devido, com juros. O mesmo nível de dificuldade que eu teria em convencer um juiz a inocentar um homem preso em flagrante por roubar um banco.

Com o atenuante, claro, de que fazer chantagem emocional com o meu pai não é contra a lei e muito menos amoral.

Começo lembrando-o de que moro em um andar muito, muito alto, e que no caso de queda, seria fatal. Ou deixaria graves sequelas, como, por exemplo, amnésia seletiva, que poderia fazer com que eu deixasse de reconhecer o meu próprio pai.

Eu penso que os pais, em geral, vêm com capacidade reduzida de resistir a boas chantagens emocionais feitas pelos filhos.

O meu certamente acreditou que eu me atiraria da janela do prédio, caso fosse necessário. E eu nem precisei dizer isso. Apenas o lembrei de que moro em um andar muito, muito alto, e que, no caso de queda, seria fatal. Ele entendeu como quis.

Meu pai é um homem quieto e fica visivelmente irritado quando percebe que, para conseguir o que quero, faço uso de muitas palavras. Não foi dele que eu herdei a qualidade da paciência, isso eu tenho certeza. Também não foi da minha mãe, o que nos deixa com uma incógnita. Questionamentos à parte, logo que encontrou uma brecha, meu pai me interrompeu.

— Chega, Eleonora, quanto mais por mês você ainda quer?

— Pai, eu precisaria do triplo.

Meu pai tem razão quando diz, de vez em quando, que eu sou uma afrontosa. Considerando, no entanto, que eu já ganhava pouco, pedir o triplo não resultaria em um montante tão alto assim.

No final das contas, foi apenas uma tática para eu tentar ganhar mais que o dobro, sendo que, se eu pedisse apenas o dobro, eu iria ganhar entre o dobro e o que eu já ganhava. Estou muito orgulhosa de mim e dos meus cálculos. As pessoas têm razão quando dizem que a ocasião faz o ladrão. Ou seja, quando você precisa, você consegue.

— O triplo? Nem pensar. Como você é afrontosa.

— Mas o dobro é muito pouco, pai, não é o suficiente.

Torço para que ele não me pergunte "suficiente para o quê?", pois até o momento nem eu sei.

Como o meu pai é quieto e não gosta de usar muitas palavras, ele realmente — e felizmente — apenas prosseguiu:

— Deixemos assim: você vai passar a ganhar um pouco mais que o dobro... E chega! O triplo, nem pensar.

— Tudo bem, fazer o quê? Já é alguma coisa.

Yessssssssssssssssssss!

O CAPÍTULO VERMELHO OU NINGUÉM É PERFEITO

Eu já comentei sobre o fato de eu não poder ver sangue, mas gostaria de falar um pouco mais abertamente sobre esse assunto. Acredito que dessa forma posso mostrar que todo mundo tem suas pequenas fragilidades e que isso significa que somos humanos, afinal.

Primeiro posso relembrar e enfatizar que não é apenas sangue e coisas que pareçam com ele que eu não posso ver. Se estende a todos e quaisquer materiais de uso médico e hospitalar. As únicas exceções são o Band-Aid e a gaze, que servem justamente para cobrir os ferimentos. Aí é uma questão de falta de opção.

Se você sofre da mesma fobia que eu e prefere não ler a respeito para não correr o risco de imaginar a cena e passar mal, sugiro que pule o capítulo porque a imagem vai ser feia e ricamente detalhada. Caso não seja esse o seu caso, a seguir, a minha mais terrível experiência, ou como eu me refiro a ela: EQM — Experiência de Quase Morte.

26 DE JULHO DE 2007.
SALA DE ESPERA DE UM LABORATÓRIO QUALQUER.

17:55

Éramos algumas pessoas sentadas no sofá à espera do temido exame de sangue. Estavam todos calmos a não ser por duas criaturas que choravam desesperadamente, chamando, assim, certa atenção. Olivier, uma criança de origem francesa de aproximadamente seis anos e meio, e eu.

O menino estava acompanhado de sua babá que, não aguentando o chilique, deu-lhe um tapa na boca, fazendo-o parar instantaneamente. Engraçado, esse seria justamente o tipo de atitude que faria qualquer um chorar ainda mais, mas com ele adiantou e o menino ficou quieto. Como eu acho que essa tática não me causa o menor efeito e não tinha mesmo ninguém me acompanhando para aplicá-la, continuei chorando sozinha.

18:22

A essa altura, a minha camiseta já estava molhada de lágrimas e suor, me deixando, assim, com muito, muito frio. Resultado: estava tremendo igual a um elefante se equilibrando em cima de uma banana. Isso se o elefante não esmagasse a porcaria da banana com todo aquele peso. Mas é só um detalhe, deu para entender o meu argumento.

Eu estava tremendo mais de nervoso do que pelo frio. Você não imagina o estresse que passei quando, em um determinado momento, vi aquela babá levantando-se do sofá e vindo em minha direção. Ela estava com cara de poucos amigos, e achei que faria comigo o que tinha feito com o menino naquela hora e mais duas vezes depois. Normalmente eu a enfrentaria, com certeza, mas convenhamos que eu estava em uma situação desfavorável: molhada, fraca, tonta, desidratada e quase, quase febril. Ainda bem que ela passou reto. Olha só! Quem ia fazer o exame era ela, e não o Olivier! Essa eu fiquei sem entender.

18:39:42

Chegou a minha vez. Eu nunca gosto de esperar por nada. Mas como eu gostei de os minutos naquele local serem infindáveis! Demorou. Demorou muito para me chamarem, e, por mim, acamparia ali naquele laboratório para sempre se precisasse, só para esse momento não chegar. Mas chegou. Era eu.

Ironia nº 1

Enquanto estava esperando, ia reparando em cada enfermeira que passava por ali.

"Essa deve ter a mão leve. Aquela deve ser sensível", eu ficava adivinhando. Eram todas magrinhas, baixinhas e fracas. Fraquinhas a ponto de não terem força para empurrar a agulha até chegar na veia.

Eu estava torcendo para cair com uma delas, ou com um enfermeiro gato que também tinha dado as caras por ali, mas não, claro que não seria tão fácil assim.

Acho sinceramente que não precisaria descrever a figura da enfermeira que me atendeu, uma vez que você já deve ter imaginado e construído sua própria personagem, mas vou fazer isso mesmo assim.

Alta e corpulenta. Cabelo preto preso de qualquer jeito num coque, pálida e com cara de quem tem poucos amigos.

Nada a comoveu. Nem me ver pingando de suor e tremendo de nervoso. Nem escutar sobre o meu pavor a sangue, agulha e cheiro de éter. Parecia que eu estava falando com a porta ou com a torneira da pia em que ela estava, ainda bem, lavando as mãos.

Qualquer um se sensibilizaria com a minha situação, mas ela não. Falei até que, quando eu olhasse para a agulha — e eu tinha que olhar, para conferir se era mesmo descartável —, eu ia desmaiar. Mas provei para mim mesma que eu estava errada. Desmaiei antes disso, quando ela virou para mim e eu pude ler em seu crachá: "Em treinamento".

17:15:22

Novamente acordada, branca e pálida como a Isabel, a enfermeira. Lá estava ela, com olhos de vampiro e seringa na mão.

Por que não aproveitou para colher o sangue enquanto eu estava desmaiada? Existem pessoas tão indolentes. "Cadê a sua iniciativa, mulher?" E é por causa de pessoas como a Isabel que todo mundo sofre. Não tinha mais jeito. Era a hora. Fechei os olhos e os abri, com ela resmungando:

— Pronto. Já acabou.

— Já? Como assim já acabou? Não, senhora. Tem certeza? Não pode! Não pode ser. — Eu estava indignada.

Eu sei que, se você é como eu, detesta quando dizem em situações como essa: eu nem senti nada! Portanto, me desculpe por ter feito esse relato acima e não pense que meu intuito era causar constrangimento por você ser quem sempre sente alguma coisa. Já viu como algumas pessoas fazem isso de propósito, com tom de displicência e ares de superioridade? Eu não sou uma delas, eu sou você. Menos dessa vez, em que eu nem senti nada. Nadinha. Mesmo! Nossa, nem senti. Tanto desespero, tanta frescura, para nada? A essa altura ela já tinha colocado no meu braço aquele curativo redondo e medonho, típico de quem tirou sangue, e ido embora, sem se despedir.

— Como uma grosseirona enorme pode ter mãos de fada? Não é possível! — eu continuava resmungando.

No entanto, foi. Mas infelizmente não acabou por aí. O meu material ainda estava lá, exposto, igual a um pote de ketchup na prateleira de um supermercado.

Eu olhei, óbvio. Sem querer, claro. E desmaiei de novo, sem comentários.

Ironia nº 2

Cortei a testa quando caí desmaiada no chão. Não foi um corte qualquer. Foi *o corte*. Daqueles que nem tentando eu conseguiria fazer por conta própria. Abriu a minha testa, e, apesar do meu esforço desesperado de cobrir o sangue com gaze para ninguém perceber e eu poder ir embora correndo dali, era tarde demais.

Todo mundo já havia me visto e todos se recusaram a me liberar. Eu estava tonta, mas me lembro de ter até oferecido dinheiro para um deles grudar a minha testa com cola e me deixar ir embora.

É claro que eu estava tonta. Tinha acabado de desmaiar e perder grande parte do meu sangue com a queda, além de potes e mais potes dele com o exame. Cola não seria o ideal, mas um enfermeiro poderia ter colaborado e achado outra solução, como fita adesiva micropore ou Durepoxi cirúrgico. Não acredito na quantidade de gente incorruptível que tem nesse país.

Lá estava eu, deitada em uma maca, esperando pelo pior. Chamei todo mundo que consegui para avisar que eu tinha fobia de agulha, sangue, cheiro de éter, materiais médicos e hospitalares em geral. Acho que até a babá do menino Olivier eu estava tentando convencer, mas me encontrava mesmo em um beco sem saída. Se eu não fosse sedada, sentiria a agulha me dando os pontos. Mas, para receber a anestesia, eu sentiria a agulha perfurando a minha veia, o líquido invadindo as artérias e chegando ao meu coração, fazendo-o parar.

Foi aí que eu tive uma ideia brilhante. Pedi para me trazerem um dos potes do meu sangue que ainda deveria estar em algum lugar. Que melhor jeito de ser anestesiada do que ficar inconsciente desmaiando? Bom… a minha proposta não foi aceita.

Da mesma forma, desmaiei, porque olhei sem querer para a agulha, com aquela gota infernal escorrendo da ponta.

No final das contas, nem senti nada. Descobri depois que quem tinha me aplicado a injeção havia sido a Isabel.

Fiquei sem saber se o fato de eu ter desmaiado colaborou para que eu não tivesse sentido dor, ou se foi por causa das mãos de fada daquela troglodita.

Pronto. Já foi.

Espero que essa pequena história não tenha lhe causado nenhum desconforto emocional. Agora, se você teve falta de ar ou enjoo (eu tive os dois enquanto estava escrevendo), sinto muito. Eu avisei para não ler.

O CAPÍTULO TARJA PRETA OU A CONFISSÃO

Fico pensando que com tantas dúvidas e anseios que as pessoas têm na vida, é natural que cada vez mais elas estejam lotando os consultórios de psiquiatras. Embora não compartilhe desses tormentos mentais, devo confessar que até eu já visitei um especialista em funcionamento do cérebro humano.

Fui a apenas duas consultas e não estava interessada em conhecer os mistérios da minha mente, e sim em conseguir uma receita médica para que pudesse comprar algum remédio tarja preta.

Queria algo que me desse um barato e que não fosse ilegal. O que eu descobri com essa experiência? Que é muito bacana passar três noites sem dormir, viajar de carona e fazer sexo selvagem com um desconhecido sem se preocupar com as consequências. Ah, e que eu sou uma pessoa interessante.

Isso quem me falou foi o psiquiatra, não o estranho que conheci no posto de gasolina, com quem fiz coisas que, dependendo do horário em que você estiver lendo e da sua faixa etária, não me é permitido detalhar. Eu até revelaria o nome dele se eu soubesse, mas o cara era mesmo um completo estranho.

Voltemos a mim, e ao fato de eu ser interessante. Na hora, aquilo me pareceu um elogio, mas depois pensei um pouco melhor.

O que é ser interessante aos olhos de um psiquiatra? Um vírus em constante mutação que tem a capacidade de matar um camelo em cinco segundos é muito interessante para um cientista. No entanto, não acho que ter a capacidade de aniquilar uma cáfila e meia em menos de dois minutos seja exatamente uma qualidade. Pelo menos não se você gosta de camelos. E eu gosto.

Agora, se fosse um vírus que conseguisse exterminar, em vez dos camelos, toda a espécie do mosquito transmissor da malária, no tempo que fosse, aí seria um feito extraordinário. Ou mosquitos em geral. Está vendo? É um assunto discutível. Não sei o que pensar e não consigo concluir o que ele estava querendo me dizer.

Deveria ter perguntado, ou pelo menos me concentrado no que ele falou depois disso.

Preciso começar a prestar atenção no que me dizem. Pelo menos no que diz respeito a mim.

Vou marcar uma consulta para que o psiquiatra me elucide essa questão e para conseguir mais uma receita daquele remédio.

Estou querendo uma aventura selvagem essa semana e em algumas outras semanas depois dessa.

O capítulo tarja preta ou André

FALANDO EM REMÉDIOS, a porta do meu vizinho estava entreaberta e ele não estava em casa. Dei apenas uma rápida espiadela porque acho feio invadir o espaço alheio e então retornei, logo depois, ao meu próprio espaço. Passados cinco minutos, depois de muito pensar, voltei ao local e decidi dar uma circulada.

Era uma chance única de dar uma olhada no lar de um vizinho que eu nem conhecia direito. Já havia procurado seu perfil no Facebook, Instagram, Twitter, YouTube. Nada! Hmmm, estranho. Moro ao lado de alguém que não tem a vida exposta na internet. O que ele tem a esconder? Procurei seu perfil até no Hello Network, o substituto do Orkut, onde tudo o que se posta são *gifs* de cachorros fofos, os substitutos dos batidos gatos. Nada! Ainda bem, pois estar em uma rede social que ninguém nem conhece seria mais estranho ainda.

Entrei de fininho, claro, e vi uma porção de remédios em cima da mesa. Vários e vários deles, a maioria tarja preta.

Fiquei paralisada com aquela imagem. Numa rápida olhada ao redor, feita apenas com o canto de olho, percebi que estava em um lugar todo preto. Cortinas, carpete, móveis... Até tive que me certificar se não era o apartamento da Miss Bubble. Bem, no mínimo era igual. Só faltavam as poucas paredes roxas. Preto devia ser uma tendência quando eles se mudaram. Se é que vieram para o prédio na mesma época e o fato de pintar tudo, tudo, de preto pudesse se caracterizar como algum tipo de tendência.

Em relação aos remédios, a primeira reação que tive foi de espanto: Moro ao lado de um maluco! Hmmm, por isso que ele não expõe a vida na internet. A segunda foi de alívio. Não vou precisar ir ao psiquiatra.

Eu roubei, sim, uma cartela de comprimidos, e sei que o que fiz não foi legal. Tomei dois de uma vez só.

Matemática não é o meu forte. Achei que como daquela vez eu tinha ficado três dias sem dormir tomando um comprimido, se eu tomasse dois, ficaria seis, que era o que eu queria. O que aconteceu foi o oposto: dormi por quatro dias inteiros.

Apaguei logo depois da ingestão. Desabei ali, em cima da mesa da casa do André, com o copo de leite ainda na mão.

Como eu acordei na minha cama, tanto tempo depois, de camisola, eu não sei. E preferi não investigar.

Mas valeu a pena.

Quando você dorme muito, sonha um bocado. Não sei com o que eu sonhei, mas se não me lembro é porque não foi pesadelo, então deve ter sido bom enquanto durou.

Últimas notícias

Tenho duas notícias: a primeira é que ganhei dois cágados! Um macho e uma fêmea.

Na verdade, não ganhei. Fiquei com eles depois que o André morreu. Essa é a segunda notícia.

Ontem eu ouvi um bafafá pelos corredores do prédio e fiquei sabendo que o meu vizinho passou dessa para a melhor.

Deve ter sido para a melhor. Não sei se estava bom viver do jeito que ele estava vivendo, chapado até o último grau possível todos os dias.

O André não era um drogado mediano. Ele pegava pesado mesmo, de não conseguir lembrar o próprio nome, o meu, ou de fechar a porta de casa quando saía. De dormir no corredor, eventualmente. De dormir no elevador, várias vezes. Ou nas escadas, sempre. A pior vez foi quando ele dormiu com a cabeça enfiada em um vaso de samambaia no segundo andar — ele estava sem um dos chinelos e com uma parte do short rasgada.

É, ele era o único que não previa que isso iria acontecer. Também, como poderia, chapado até o último grau? Aconteceu. Overdose. E das grandes.

Não sabia que ele tinha dois animaizinhos em casa. Como eles sobreviveram à falta de responsabilidade do André, eu não sei, se nem o próprio conseguiu. Mas o que importa é que agora eles estão em território sóbrio.

Não sabia como o meu vizinho os chamava, então tive que renomeá-los por conta própria.

Espero que não fiquem confusos com essas mudanças repentinas. Agora eles se chamam Velociraptor e Galimimmus — Veloz e Galinha, como eu os apelidei. São lindos e lentos, uma graça. Tem um até que anda mais correndinho, que é a Galinha. O Veloz não, ele é mesmo uma tartaruga. Estou pensando em comprar mais dois, que se chamarão T-Rex e Jabuti. Não vejo a hora.

Aliás, acho que ainda não contei sobre o Zé. Adotei de vez a lagartixa. Agora em vez de morar no parapeito da minha janela, ele vive dentro do armário da cozinha. Deixo as portas abertas, claro, para ele poder tomar sol. E é bom também morar na cozinha porque a comida já fica sempre à disposição se ele tiver fome. Eu tenho muitos biscoitos guardados nesse armário, de maisena e água e sal, salgados e doces, para uma alimentação balanceada.

O seu Heraldo acabou de me ligar. Novos fatos: o André caiu em um buraco, não foi de overdose que ele morreu.

Não podemos dizer então que sua morte foi causada por ele estar bêbado e sob influência de entorpecentes. Acontece de tropeçarmos e cairmos em buracos de cinco metros de profundidade, no meio de uma área interditada para obras, estando sóbrio. Foi mesmo pura falta de sorte.

Unindo o útil ao desagradável

O APARTAMENTO DO ANDRÉ já foi vendido. A mudança é hoje. Parece que é uma garota quem vai se mudar.

Fiquei pensando... Como ainda estou mesmo precisando de uma amiga, poderia tentar me aproximar. Seria tão mais confortável se a amiga que eu quero ter morasse assim, tão perto de casa. Não me daria trabalho quase nenhum.

Daqui a dois dias me apresento a ela. Vou esperar para dar-lhe as boas-vindas, porque, se for antes disso, corro o risco de ter que ajudar com a mudança.

É bom mesmo esperar, porque assim também dá tempo de levantar a ficha dela com o seu Heraldo.

O seu Heraldo não tem a ficha da menina. Só sabe que ela se chama Marcinha. Nem o sobrenome dela ele tem. Como posso encontrá-la nas redes sociais sem informações básicas, porém primordiais? Quantas Marcinhas devem existir na web? Mais de três, com certeza.

Não me conformo com como os funcionários do prédio podem permitir a entrada de alguém sem saber dos antecedentes da pessoa.

— Ela é tão legal... — comentou o seu Heraldo.

Sei. Deve ser uma piranha. Eu sou tão legal e, mesmo assim, antes de eu vir morar aqui, tive que dar todo o tipo de detalhe sobre minha vida. Até o nome da cidade onde eu nasci tentaram fazer com que eu lembrasse. E nem foi só o seu Heraldo, tinha toda uma comissão julgadora.

Agora, a Marcinha, não. Ela não precisa, ela é tão legal...

Ela é oferecida, isso sim. E eu nem conheço a garota. Mas conheço o seu Heraldo.

Hoje vou conhecer a vizinha e descobrir se ela dará uma boa amiga.

Para me auxiliar, desenvolvi uma lista com as qualidades que ela deve ter e os defeitos que são tolerados. Se ela for qualificada, será aprovada e passaremos para a etapa de aproximação.

Não gosto muito de fazer amizades. É tão cansativo.

Tenho que me apresentar à pessoa. Tenho que escutá-la se apresentar e fingir que estou prestando atenção. Inventar um motivo plausível para recusar um convite para acompanhá-la a uma casa de *swing* no sábado à noite.

Com o tempo, conversar sobre assuntos que não me interessam, e às vezes ter que fazer favores, como lavar seu carro pela manhã.

Mas eu preciso. Estou preocupada com a minha saúde, afinal. Vale a pena passar por esse desconforto e saber que tem alguém a quem você pode pedir ou, dependendo do caso, obrigar, a te prestar os favores de volta e socorrer sua vida. Ou ir ao supermercado fazer compras, quando você estiver de pijama. Ou quando estiver com preguiça.

Pensando bem, talvez não valha a pena, mas antes de ter certeza, vou averiguar.

Levarei algo velho, algo azul, algo emprestado e algo novo, para dar sorte. Para ela e para mim, obviamente. Tudo em nome de uma futura possível amizade.

PREENCHENDO O VAZIO

Eu penso como os grandes. No entanto, tenho que admitir que até eles, bom, nós, erramos de vez em quando. Fiz uma coleção das minhas melhores frases e das melhores frases que rondam o mundo, assim como provérbios populares e alguns impopulares que ninguém conhece. Para ajudar, corrigi-os devidamente quando necessário. De quebra, vou começar com a resposta correta para uma dúvida universal: a galinha nasceu primeiro.

Abraham Lincoln: "Ninguém é suficientemente competente para governar outra pessoa sem o seu consentimento." Incorreto.

Eu diria: "Ninguém é suficientemente incompetente a ponto de não conseguir governar outra pessoa sem, com ou além do que se limita o seu consentimento." Ou: "Ainda que haja pessoas insuficientemente competentes para governar outra pessoa sem o seu consentimento, a maioria é competente." Ou seria a minoria? Se fosse uma reflexão: "Alguém é suficientemente incompetente a ponto de não conseguir governar outra pessoa mesmo com o seu consentimento?"

Eu poderia continuar para sempre. Que suficiente competência Abraham Lincoln teve ao escolher apenas uma versão para essa frase. Pena ter sido a incorreta.

"Não me interessa nenhuma religião cujos princípios não melhoram nem levam em consideração as condições dos animais." Concordo plenamente a ponto de quase esquecer que esta pessoa sensata é a mesma que disse a primeira frase, que é cem por cento equivocada.

Oscar Wilde: "Fazer parte da sociedade é uma amolação, mas estar excluído dela é uma tragédia." Eu nunca entendi o que quer dizer sociedade.

O que é sociedade? De acordo com a descrição do dicionário, é o sentido de coletividade, irmandade, grupo de pessoas com interesses comuns. Eu não quero parecer arrogante, mas, se eu pudesse, corrigiria também o dicionário. O que mais identifico na comunidade na qual estamos inseridos é a desunião, interesses opostos e opiniões inconclusivas sobre quem é melhor.

Meus provérbios:

"O galo segue a galinha e a galinha segue o pintinho. Às vezes o galo também segue o pintinho."

"Em mar que tem tubarão não se deve entrar. Se entrar, nade com cuidado e sem ter nenhum machucado sangrando."

"É melhor ficar quieto do que dividir com os outros tudo o que você aprendeu estudando."

Provérbios em geral e as minhas observações:

"É na necessidade que se conhece o amigo." É na necessidade que se procura um amigo.

"Aprenda todas as regras e transgrida algumas." Faça suas próprias regras e nunca as transgrida.

"Os últimos serão os primeiros." Furando a fila.

"Em rio que tem piranha, jacaré nada de costas." Em rio que tem piranha, jacaré entra, mergulha e esquece que é casado.

"Podemos escolher o que semear, mas somos obrigados a colher aquilo que plantamos." Podemos escolher o que semear e o que colher na horta de outra pessoa.

"Se você quer manter sua cidade limpa, comece varrendo a calçada da sua casa." Ou ligue para a empresa de faxina de sua preferência.

"Quem não tem cão caça com gato." Quem não tem cão caça com a mão.

Provérbios corretíssimos:

"Um inimigo inteligente é melhor do que um amigo estúpido."

"O mar brigou com o vento e quem virou foi a barquinha."

"Antes calado que abobalhado."

"Macaco velho não põe a mão em macumba."

"Eu já falei que é boi, mas insistem em querer ordenhar."

"Bezerro manso mama na mãe dele e na dos outros."

"Quando o galo está bêbado, esquece-se do gavião."

"Uma galinha cega encontra um grão de vez em quando."

"Cavalo de cachaceiro conhece o caminho do boteco."

"Camarão que dorme, a onda leva."

"Um urso com fome não dança."

"Num restaurante, escolha uma mesa perto de um garçom."

Portfólio

Segunda-feira.

O sol brilha alto e, ainda envolvida em meus sonhos, vou despertando aos poucos, quando de repente me dou conta de que voltei à realidade.

Eu me recuso. Faço cara de manha e me escondo por inteiro debaixo das cobertas.

Evito que a claridade do dia me convença a levantar da cama e aproveitar o ar fresco que assopra todos que estão na rua.

Para não me sentir culpada, cubro o meu rosto e finjo que não vi o dia lindo que acabei de enxergar. E me conforto em perceber que na escuridão não vejo absolutamente nada. Nem meu pijama.

O telefone insiste em me avisar que há pessoas tentando entrar em contato comigo. Se nem a visita da luz do dia eu quero, qualquer voz ou ruído certamente não será bem-vindo. Não conheço ninguém. Pelo menos não a essa hora da manhã ou em plena segunda-feira. Hoje é o Dia Nacional do Descanso, afinal muita energia é gasta no sábado e no domingo.

Vou ficar por aqui mais um pouco, decidida a acordar amanhã de manhã.

Terça-feira.

O som tranquilo da chuva embala os meus sonhos mesmo com os olhos já abertos. Os pingos, com sua canção de ninar, fazem com que eu me prepare para adormecer novamente, em paz.

Não preciso sair correndo, afinal estão todos ainda dentro de casa. Ou recolhidos em algum outro lugar.

Tenho o consentimento dos céus para dormir mais um pouco. Como recusar essa oferta?

Quentinha e no escuro, enfim eu me despeço de um começo de dia cinzento e chuvoso, sem remorso.

Vou ficar por aqui, com a decisão de que, se parar de chover, amanhã de manhã eu me levanto.

Quarta-feira.

Vou sair para o agito. É madrugada, mas daqui a alguns minutos se fará dia. Não durmo desde a hora em que acordei, muito tempo atrás.

Vou para uma aula de *spinning*, lutar com o meu professor no tatame, nadar no mar e rolar na areia. Que dia propício, ou noite ainda, para ser feliz.

Quero tomar água de coco com suco de abacaxi. Misturar uma pinga com limão e fazer a melhor das bebidas brasileiras. Não é cedo para álcool porque para mim ainda é tarde.

Vou ficar com alguém. Escolher qualquer um no parque, me jogar em seus braços e permitir que me dê quantos beijos quiser. Vou me apresentar, mas encurtar o discurso. Só o meu nome basta. Dele, nem isso quero ouvir. Sua voz não me interessa, apenas seu corpo inteiro. Suado, malhado, construído, relaxado. Bronzeado, mas não artificial. Tudo em cima. E tudo embaixo também em sua devida forma.

Compromisso não cabe em mim. Não é o meu número nem a minha cor.

Exausta, volto para o meu endereço, tomo aquele banho e me jogo em meus lençóis, sozinha.

E fico por lá, acordada até a manhã seguinte, quando antes de ser manhã, já estarei nas ruas de novo, pronta para outra rodada.

Quinta-feira.

Estou sentada à minha escrivaninha. Preferi isso a ficar exposta em um quiosque qualquer de um calçadão qualquer, sentindo o mormaço queimando minha pele.

Estou com uma caneta em punho e tenho muitas folhas de papel à minha disposição. O peso das palavras, desenhadas uma a uma, nos dá tempo de escrevê-las com reflexão. E precisão. O cheiro azul de notícia fresca sobre a folha quase envelhecida dá importância a esse momento, justamente como deve ser. Sem emojis fáceis e fontes rebuscadas — é a sua letra, bonita ou feia, ela faz parte de você, que foi ao correio, que pagou pelo selo, que fez um desenho de sorriso no canto da carta. Que rasurou, consertou e remendou com a honestidade e intimidade que apenas as grandes amizades podem ter. Sem corretor ortográfico. Todas as correções foram feitas por você mesmo e analisadas com calma, o que sempre nos faz evoluir e aprender — sem a fantasia de que você sabe tudo, e com a certeza de que, dessa forma, as abreviações informais típicas do "teclar", com o tempo, não irão abreviar também o seu raciocínio. Com caneta em punho, muitas folhas de papel à minha disposição e um sorriso no canto do rosto, vou colocar a minha correspondência em dia, leve o tempo que precisar.

Hoje começo com certeza. Ou amanhã, sem falta.

Sexta-feira.

Sábado.

Sinto falta de ti. Muita falta.

Quando estás longe, sinto que perco um abraço que ninguém poderá substituir. Um beijo por carta não tem o efeito calmante e delicado que os seus lábios são capazes de produzir quando se encostam vagarosamente nos meus. E quando eles avançam pelas minhas pernas no meio da noite me deixando arrepiada e derretendo de prazer? Não posso nem me lembrar, senão o vazio que o meu corpo sente invade a minha cabeça e não me deixa dormir.

Faz sempre frio quando não estás do meu lado. Camadas de cobertores não são capazes de produzir a onda de calor que tu exalas na cama e que aqueceria até a ponta de um iceberg no meio de uma tempestade de gelo.

Como eu sinto falta de ti.

Quero estar ao teu lado na rede, ou na mesma dupla de truco. Se for para jogar algo contra ti, que ao menos seja *strip poker*. Eu me esforçaria, me doaria por completo para ganhar muitas vezes seguidas até que tu perdesses toda a roupa e nós nos jogássemos juntos em cima da mesa de veludo verde. É sempre uma vitória para nós dois.

Sinto tua falta se estás mesmo a um metro de distância ou a dez segundos de mim.

Se estás longe, tenho febre só de pensar que se eu me resfriar não terei tua mão na minha testa medindo a minha temperatura, ou me fazendo massagem para que o tempo passe logo, ou para que, se demorar a passar, pelo menos eu tenha algum conforto. Tu sempre me providencias músicas e filmes nessa situação. Manta e pipoca. Chá, pastilha e leitinho na cama. Sopa dada na boca, seguida por um beijo que não teme pegar gripe.

Volta logo para mim quando estiver do meu lado, mas com o pensamento longe. Não quero tua ausência de nossa casa, mas pior é tua ausência de espírito. Ou de humor — que esta nunca aconteça. Que bom que nunca aconteceu.

Se me abraçares, me aperta com cuidado, com carinho, mas com firmeza. Como quem quer segurar para sempre e proteger da queda se um furacão passar.

Nunca me ouve sem escutar, me olha sem me ver, me beija sem afeto, ou transa comigo sem desejo e sem amor. Nunca me toca sem querer ou esbarra em mim se não for de propósito.

Volta logo, porque quando tu não estás perto de mim, tu que és o meu ar, fico sufocada.

Obrigada.

Domingo.
Hoje é o dia oficial da bagunça.

Segunda-feira.
Hoje é o Dia Nacional do Descanso.

Esse é um trecho de um livro que estou escrevendo!
Está ficando muito bacana e você é a primeira pessoa a ter a oportunidade de ler essa prévia.

Pense nisso como um bônus e compre quando o meu livro for lançado.Você vai gostar muito. Escrevi pensando no Carlão, depois no Diego, depois no Carlão. Tudo é inspiração, inclusive para música. Segue então uma letra que eu também escrevi:

Não sou eu e não será você

Será
Que você vai
Que você vem
Que vai amar
Alguém
Que não sou eu
Que não sou eu

Será
Que você vai
Querer

Sem se arrepender
De correr
Pra quem e pra quê?

Será
Eu digo será
Que vai dar
Pra você ir
Sem voltar
Será
E eu digo que não

Será
Me diz será
Que sairá
Da minha vida
Sem olhar
Pra trás
Me diz que não
Me diz que não
Não é você

Próximo projeto: audiolivro.

Para quê?

Para que desejar buscar lá longe as estrelas no céu
Se temos milhares de estrelas-do-mar aos nossos pés?
Para que ir até a Lua
Se podemos viajar para o exterior?

Se podemos comer cenoura
Por que torrando ao sol ficamos
Para pegar um bronzeado?
Faz sentido buscar outras formas
Se já conhecemos tão bem o redondo,
O triângulo e o quadrado?

Para que correr ao vento
Se podemos andar no conforto do ar-condicionado?
Para que se jogar no mar, correndo o risco de se afogar
E acabar morrendo com falta de ar, completamente
                                    abandonado?

Para que pular de asa-delta, uma barbaridade
Se, quando para bem da verdade,
Estamos bem à vontade
Grudados no chão pela gravidade?

Alguém pode me dizer para que e por quê?
Eu sinceramente não entendo
E muito menos tenho a resposta

Últimas notícias

Fiz uma boa ação. Boa não, ótima.

Ganhei mais dois cágados e um porco de pelúcia. Ganhei, não. Eu fiquei com eles depois que visitei o apartamento da dona Marcelina do 802. E é aí que entra o meu coração mole.

Quem é ela?

Ela mora no oitavo andar, mas está sempre perdida por aí, entre o sexto e o sétimo. Ela é muito, muito idosa. Muito. Muito mesmo.

Toda vez que nos encontramos pelo prédio, e isso acontece toda vez que saio de casa, ela me deseja feliz aniversário. Eu parei de contar quando completei cento e dois anos.

É um absurdo ela morar sozinha. Não deve ter parentes. Ela disse que tem, mas provavelmente estava mentindo. Se tivesse, eles não a deixariam, idosa como é, cuidar de dois animaizinhos desprotegidos. Ela não consegue.

Eles tiveram a sorte de eu encontrar com ela no meu corredor andando de camisola com um bule de chá vazio em uma das mãos, e com a outra segurando um cágado pequenininho. O bicho era micro, uma judiação. Subnutrido, né? Aí pensei: "De onde vem um, vem outro".

Nunca vi ninguém ter um cágado só. Eles andam em dupla. O André tinha dois, eu tenho dois... É sempre assim, então fui averiguar. E eu estava certa como sempre.

Levei a dona Marcelina para o seu apartamento e enchi de chá o bule que ela estava segurando. Vi que tinha uma montoeira de roupas pelo chão, a comida não cheirava bem e nem ela. Banho não se tomava naquele apartamento, disso eu tenho certeza. Não tinha sabonete no boxe, e constatei que as torneiras estavam sem água. Ih, esqueci de avisar o seu Heraldo desse problema... Tudo bem. Amanhã ou depois falo com ele, por desencargo de consciência.

A questão é que achei o outro cágado. Esse era enorme. Grandalhão mesmo. Marrom.

Ele devia estar roubando a comida do pequenino debaixo do fio de barba da dona Marcelina e ela nem o colocou de castigo. Acho que nem se deu conta.

Por um momento, considerei pegar só o pequenino, mas aí pensei: "Eles andam em dupla... Não posso separar uma família de dois!" Acabei levando o maldoso também.

Não entendi como eles sobreviveram à dona Marcelina, afinal, não devia haver alimento saudável naquele apartamento. A comida que tinha estava estragada, e essa eles não comeram. Sei disso porque não tiveram intoxicação alimentar.

Tenho para mim que cágados são especiais... O Veloz e a Galinha não sobreviveram ao André? Eles devem ter algum tipo de organismo parecido com o dos camelos, ou das vacas. Eles se sustentam. Talvez o maior não tenha roubado o menor, então. Ele só tem um funcionamento mais privilegiado.

Agora eles estão comigo. Só os peguei porque não tinham condições de sobreviver por muito mais tempo naquele apartamento.

Eu não disse que quando tivesse mais dois cágados iria chamá-los de T-Rex e Jabuti?

O T-Rex é o grande, porque ele é feroz e tem as patinhas da frente mais curtas. O Jabuti agora é Frankenstein, ou Frankie, como eu o apelidei. Ele é muito verde. No Halloween é só colar um parafuso na cabeça, chamá-lo pelo nome e está pronta a fantasia. A boquinha até que é quase um pouquinho roxa. Lindo.

Agora quero um casal de hamsters. Vou chamá-los de Remy e Minnie, ou Dentuço e Bigoduda, dependendo de como eles forem.

Se um for maior do que o outro, posso chamar a dupla de Gato e Rato. Ou Tom e Jerry. Ou Simba e Timão ou Simba e Pumba, se eu pegar o rato da garagem. Podem ser também Petróleo e Floco de Arroz se forem um preto e o outro branco. Ou Maple Syrup e Cinnamon se forem mais ou menos amendoados. Nesse caso, João de Barro e Tábua Larga também funcionariam. Se a menina for gordinha então, Tábua Larga é mesmo o ideal.

Não consigo decidir, mas ainda tenho tempo.

Falando em nomes, a moça que mora no andar de cima chama Digeislândia.

Eu a ouvi conversando com a mãe no telefone aos berros. E devo salientar que ela berrava de verdade. Por isso que, dentro do meu apartamento, no andar de baixo, consegui ouvi-la dentro do apartamento dela. Bom, por isso e porque o teto e o chão desse prédio são da espessura de metade de uma amêndoa — muito, muito finos, e eu tenho uma escada comprida.

Ela estava dizendo:

— Eu num volto praí nem *si* for amarrada *pelos* pé, *pelas* mão e *pelos* pescoço igual ao *qui* o Digeilson fez comigo das outras *veiz*. Eu só *prumeto* que *num vô robá* e *virá* puta. O resto, faço *qualqué* coisa pra *sobrevivê*. *Sinão num mi chamu Digeislândia.*

Engraçado como o próprio nome ela fala certo. E só para constar, ela conseguiu em um dia quebrar as duas promessas. Eu mesma a vi roubando o jornal da porta do 203 e saindo à noite na companhia da vizinha que eu mencionei anteriormente, a da saia curta e meia-arrastão. Bem, estou esperando a mudança de nome. Tomara. E ainda bem.

Ah, e depois de bater o telefone ela ainda disse:

— *I* agora eu *num sô* mais filha de mãe *ninhuma*.

Vou pegar essa frase para mim e gritar para a minha mãe quando ela me aborrecer. Mas só depois de desligar o telefone, claro, senão ela me deserda. Mais pelos erros de português do que pelo conteúdo, eu acho.

Vou conhecendo os meus vizinhos aos poucos. E poucos deles me interessam de verdade. Mas vou citar mais alguns, para matar a curiosidade de quem está morrendo de vontade de saber.

O seu Washington do 302 é professor, mora sozinho e dá aulas particulares em seu apartamento. Recita poesias como ninguém.

O seu Castelo do 405 é bem idoso, mora com uma senhora igualmente bem idosa, e eu não tenho a menor ideia do que ele faz. Acho que nada. Ela cozinha muito bem.

Seu Ernesto do 201 é idoso também e mora com uma moça bem jovem. Ele não tem dinheiro nenhum, por isso tenho certeza que a moça é neta e não amante, como dizem.

O seu Fernando e o seu Adair moram juntos no 507.

O Delfim é um menininho artista e arteiro. Ele pinta e borda. Literalmente. E também faz suas artes por aí, como jogar ovo nas pessoas e pisar no pé da dona Marta. Ele é do 603, e ela, do 605.

Dona Isaurinda do 807 mora acompanhada de dois periquitos e tem o cabelo roxo. Acho que é moda esse cabelo, a Miss Bubble também tinha. Ela sempre quis ser síndica, mas nunca é eleita. Até hoje, aos 78 anos, ela tenta. O marido foi boxeador, mas era ela quem batia no coitado todos os finais de semana. Nos dias úteis não, ela era um amor. Vai entender. Em um domingo chuvoso ela o expulsou de casa, e ele foi morar com o seu Prudente aqui no prédio mesmo, dois andares abaixo, no 602. Eles são irmãos e agora dividem a mesma namorada, a Luiza.

Falando em nomes, Jânio e Itamar serão os nomes dos periquitos da dona Isaurinda quando forem para o meu apartamento. Ou Jânio e Mona Lisa, se um deles for fêmea e tiver um sorriso misterioso.

Solidão acompanhada 147

Meus pais

Há quem possa dizer que eu tenho uma relação mal resolvida com os meus pais, afinal fico voltando sempre ao mesmo assunto. E quem disser isso, bem, está certo.

Talvez a dificuldade na convivência tenha se estabelecido pela diferença cultural entre nós. Como já comentei, minha mãe é portuguesa e o meu pai, finlandês. Contrariando estereótipos, ele tem muito traquejo no quadril e ela não sabe cozinhar nem bacalhau. Já eu, que nasci no Brasil, não gosto de arroz e feijão e, não custa repetir, tenho uma pontualidade exageradamente britânica.

Meus pais são magros e altos, o que explica meu peso estável e meu corpo magro, mesmo me alimentado do que há de pior na cadeia alimentar: *fast-food*. Muita gordura e muito açúcar são ingeridos por mim diariamente, mas isso não me preocupa. Não há comida no mundo, na quantidade que for, que me faça engordar, e isso é a única coisa que importa quando pensamos em alimentos.

Eu diria que meus pais não são modelos de pessoas psicologicamente equilibradas, o que explica provavelmente aquele meu pequeno descompasso — fobia de agulhas, sangue, materiais médico-hospitalares, nome de doenças e pessoas passando mal. Além desse pequeno vício por açúcar refinado. Eu como uma colher de chá dele todas as manhãs, todas as noite, e uma madrugada sim e outra não.

O seu Henri, o meu pai, é uma pessoa bastante rígida, mas não tão rígida quanto a minha mãe. Ele é severo, mas em termos de severidade, a minha mãe acaba ganhando sempre. Ela é um pouco mais em tudo, se comparada ao meu pai. Até mesmo na simpatia, e esse não é nem o forte dela. Idem no quesito afabilidade.

Meu pai não é só antipático. Ele não é sociável e ponto.

Em uma analogia animal, eu diria que ele é um babuíno. Até mesmo fisicamente, se você olhar com atenção. Ele tem caninos avantajados, e mesmo quando sorri parece que está chamando você para a briga, com o rosto vermelho, olhos grandes, cabelos espetados e nariz gordo e chato. Ele só não é selvagem. Mas é quase. A minha mãe, dona Leopolda, também é quase selvagem, mas um pouco mais. E insensível.

Certa vez, eu estava aprontando na área de serviço quando machuquei o dedo mindinho. Fiquei chorando sem parar e ela nem me levou para o hospital, como castigo.

Bom, ainda bem.

Prints do grupo da família no WhatsApp — primeira tentativa de conversa e outras:

SEX, 9 DE FEV

Bom dia! Criei o grupo da família para nos unir e tornar mais fácil nossa comunicação.
10:22

SEG, 12 DE FEV

Leopolda
O que é isso?
13:30

O grupo da família
13:31

Para nos unir e
13:33

tornar mais fácil nossa comunicação
13:33

Leopolda
A Eleonora pensa que me engana. É apenas mais uma maneira de pedir dinheiro emprestado para nós. Você precisa pará-la, Henri. Onde você está que eu não te acho?
13:42

Pai
Na sala
13:42

> **Leopolda**
> Tudo bem, estou na cozinha.
> 13:50

> E eu estou no corredor do meu apê, ouvindo tudo.
> 13:50

> **Leopolda**
> Lendo tudo.
> 14:10

(Que sina ser corrigida pela própria mãe.)

> **Leopolda**
> Eu mandei a mensagem para o seu pai, como você viu?
> 14:12

> Você mandou no grupo
> 14:13

> Você entendeu como o grupo funciona
> 14:13

> ?
> 14:13

> **Leopolda**
> Tanto faz. Assim você já sabe minha opinião.
> 14:14

Oi pai!

14:14

Pai
Oi filha, estou aqui em casa, na sala

14:14

Leopolda
Já sei disso.

14:15

(Ela não entendeu como funciona.)

Sim, pai, eu ouvi

14:16

(Fiz de propósito, quem não gosta de contrariar a própria mãe?)

Qualquer dia eu psso aí

14:17

*passo

14:17

aí

14:18

VIU? QUALQUER DIA EU PASSO AÍ

15:50

TER, 13 DE FEV

Leopolda
Tudo bem, Eleonora, pode passar. Só não se esqueça de avisar com dois dias de antecedência dessa vez.
09:31

Pai?!
09:32

Pai
Eleonora, leia sua mãe
09:32

Leopolda
Henri, acho que não precisamos nos preocupar. Ninguém diz "qualquer dia" no início da frase com a intenção de cumprir.
10:00

(Não diz mesmo.)

Não diz mesmo.
15:00

Sim, é preciso cinco horas de coragem para ser afrontosa com a mãe.

Outros exemplos de frases igualmente falsas que insistimos em dizer:

"Qualquer dia eu te devolvo."

"Qualquer dia eu te empresto."

"Quando vou te pagar? Qualquer dia."

"Foi você quem cozinhou? Hmmm! Está uma delícia."

"Ah, não precisava!"

"Ai, que liiiindo. Adorei! Obrigada."

"Adorei, combina com tudo! O que não combina com um suéter de cor Pantone 448C, não é mesmo?"

DOM, 15 DE ABR

Leopolda
Por que está escrito "Família da Onça" no meu WhatsApp?
17:30

Pai
É o nome do grupo que a Eleonora criou para nós
17:30

Leopolda

Tem que ter nome?

18:20

Pai

É, tem que ter um nome, eu acho

18:20

Leopolda

E o que esse nome significa? Eu não gostei.

18:21

Pai

Não sei

18:21

Leopolda

Eu não gostei, Henri. Peça para ela mudar o nome.

18:27

Pai

Eleonora?

18:27

...

18:28

Leopolda

Você tem que dar um corretivo nessa menina, Henri.

19:56

Leopolda

Onde você está?

19:57

Leopolda

Henri, onde você está?

19:57

Pai

Estou na sala

19:57

Leopolda

Tudo bem, estou na cozinha.

20:07

TER, 17 ABR

Boa noite! Frase motivacional do dia: Se você pode sonhar, você pode fazer.

18:56

Leopolda

/k'

18:56

Leopolda

Esbarrei nas teclas, enviei sem querer.

18:59

Pai

...

19:00

SEX, 8 DE JUN

Mãe, eu machuquei meu dedo mindinho!

15:22

Leopolda

Uma hora passa.

17:30

(Algumas coisas não mudam nunca.)

Pai

Leopolda, estou na cozinha.

17:30

Leopolda

Eu estou na sala.

17:33

DIEGO

Tenho pensado muito no Diego.

Nós nunca mais nos falamos ou nos encontramos nos corredores do prédio desde que eu me recusei a ser contratada por ele.

Sei que ele está sozinho, porque quando eu coloco um copo fino de vidro contra a parede consigo escutar tudo o que se passa dentro do apartamento dele, e não tem se passado nada. Uma coisa eu tenho que admitir: ele é um rapaz silencioso, e isso me agrada.

Me certifiquei do que tinha deduzido buscando informações na web, no Facebook, Instagram, Twitter e Hello Network, o substituto do Orkut.

Não tem ido à praia, não tem ido aos Estados Unidos, não tem ido à academia, mas tem se hidratado bastante, o que é algo muito bom nesse calor. Tem praticado meditação e não tem fotos acompanhado.

O segredo de uma boa pesquisa nas redes sociais é não se ater apenas ao perfil da própria pessoa. É preciso entrar na página do primo, do tio, do tio do primo, do primo do tio, da namorada do primo do tio, da namorada da namorada do primo. Nesse momento, me disperso e começo a cantarolar mentalmente a música "A namorada", do Carlinhos Brown.

Há sempre fotos distribuídas em uma rede de contatos invisível. Certa vez encontrei uma foto do Carlão na página da sobrinha do porteiro de um motorista de Uber que é um "amigo" meu. A lista de qualidades e defeitos que fiz do Diego contém mais prós do que contras. Está certo que a coluna dos defeitos tende a crescer à medida que eu conhecê-lo mais intimamente, mas essa por enquanto não é a minha preocupação...

Admito que, apesar de genial, a ideia de elaborar listas na qual descrevemos qualidades e defeitos para avaliar alguém não foi minha. Aprendi com o Ross, de *Friends*, uma série muito popular nos anos... oitenta? É, os anos passam depressa, como gosta de jogar em nossa cara certa rede social que promove comparações de fotos antigas e atuais. Alguém se lembra do tornozelo gordo da Rachel? Era um pró ou era um contra? No lado das qualidades consta que ele é lindo, lindo, lindo e silencioso.

O único contra é que ele é sovina, mão de vaca mesmo. Ah, e aquele lance de que ele trabalha como ajudante de cozinha em um "restaurante" japonês que é uma zona.

Não tem problema, o fato de ele ser lindo, lindo, lindo pesa mais.

Decidi bater à porta dele. Sei que Diego está em casa porque consigo ouvir levemente o virar das páginas de um livro, e também porque postou um novo *stories* no Instagram, lavando a louça. Que pena que eu já perdi o almoço. Finalmente toco a campainha, e quando ele abre a porta, vejo que está mesmo com um livro nas mãos.

O título? *Segredos da culinária francesa*! Ainda bem.

Peço licença para entrar e ele consente. Aos poucos vou virando a cabeça para ter uma visão geral do apartamento. Não havia entrado lá desde antes da reforma que ele fez por conta própria. Ele percebe que estou analisando o ambiente e me pergunta:

— O que você achou?

— Você quer a minha opinião como pessoa comum ou como decoradora?

— Tanto faz.

— Horrível. E estou dizendo isso como pessoa comum.

Agora, lamento o fato de que ele estava lendo um estúpido livro de culinária francesa, e não procurando referências no Pinterest quando cheguei. Ficamos os dois em silêncio depois disso. Ele, por constrangimento. Eu, porque não havia mais nada a acrescentar. Me faltavam palavras.

— Horrível em que sentido? — balbuciou ele, corando, claramente sem graça.

"Quantos sentidos há para a palavra horrível? Horrível é horrível, não há meio-termo. Não existe pouco ou muito. Não é bom, não é mais ou menos, não é ruim, é horrível. Pior do que isso é ser medonho, e aí era quando o apartamento estava como a Miss Bubble havia deixado."

Claro que eu só pensei isso. Não falei nada em voz alta para não humilhá-lo. Em vez disso, expliquei:

— Horrível no sentindo de que está bem melhor do que estava antes de você entrar, mas não maravilhoso como eu poderia tê-lo deixado.

— Ah...

— Você tem certeza de que não quer que eu te ajude a melhorar a situação?

— Assim... Na amizade? — ele insistiu em me perguntar essa indecência.

— Puta que pariu! Lá vem você com esse negócio de amizade. Eu já falei que não, não falei?

— Mas então não vai dar, eu não tenho mais verba. Você viu que faltou dinheiro até para a tinta da parede?

— É por isso que ficou metade roxa e metade branca?

— É.

Ufa! Ainda bem que aquela parede bicolor tinha ficado daquele jeito por falta de dinheiro, e não por falta de bom gosto. Menos mau.

— Eu te faço um desconto de 50%.

— Não.

— 65.

— Não.

— 72.

— Não.

— Faz a contraproposta, então.

— Zero. E ficamos amigos.

— Que miserável! — Isso eu queria ter só pensado, mas não aguentei e falei alto mesmo.

No fim, acabei aceitando. Na verdade não há pagamento melhor do que passar o dia inteiro ao lado dele.

E agora eu posso me dar ao luxo de trabalhar de graça porque não preciso mais me preocupar com dinheiro. Vou lucrar muito com a venda do livro que estou escrevendo, aquele que adiantei um trecho para você, e até lá consegui fazer com que meu pai me liberasse uma verba de incentivo. Meu paitrocinador!

Eu sei, desculpe.

QUI, 14 DE JUN

Boa noite! Frase motivacional do dia: O maior risco é não correr nenhum risco. Em um mundo que está mudando rapidamente, a única estratégia que certamente vai falhar é não correr riscos.

23:59

SEX, 15 DE JUN

Bom dia, pai! Você seria o meu paitrocinador?! :)

07:00

Pai
O quê?

08:20

Não é bonitinho o jeito que eu te pedi?! Paitrocinador! Com o *i*, de pa*i*

08:21

> Você gosta de trocadilhos
> 08:21

> ???
> 08:22

> Eu devo ter puxado de alguém...
> 08:22

Leopolda
Essa menina quer te enrolar, Henri.
08:22

(Eu insisto em esquecer que nem só de mensagem em grupo vive o WhatsApp. Poderia ter escrito direto para o meu pai.)

> Isso significa liberar uma pequena verba para pagar custos com o livro que irei lançar e pagar custos adicionais comigo até que o livro seja lançado
> 08:31

> Vai fazer muito sucesso.
> 08:31

Pai
Mais custos?
08:39

> ...
> 08:40

Leopolda

Não falei Henri, que o WhatsApp só iria servir para isso? Você precisa parar essa menina.

08:46

Leopolda

Eleonora, o que quer dizer "Família da Onça?"

09:32

...

09:33

Pai

E que livro é esse, Eleonora?

09:34

É surpresa!

09:35

Leopolda

Diz que não.

09:35

Pai, o maior risco é não correr nenhum risco.

09:36

A única estratégia que certamente vai falhar é não correr riscos

09:36

Leopolda
Henri? Você não disse que não?
09:37

Pai, diz que simmm. Por favoor
09:38

(Letras repetidas em uma palavra sempre surtem efeito positivo nas pessoas.)

Pai
Eleonora, você leu sua mãe.
09:38

Aaaaaahhhhhhh
09:38

Pai
Bem...
09:42

(Viu? Letras repetidas. Ele está começando a considerar. Agora, a carta na manga. Espero um pouco antes de enviar, para mostrar que pensei bastante.)

Se não der, tudo bem, então... não se preocupe...
09:50

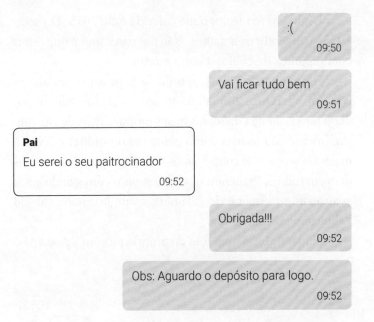

(Pais, em geral, vêm com capacidade reduzida de resistir a boas chantagens emocionais feitas por filhos.)

> **Leopolda**
> Eleonora, mude o nome desse grupo já!
> 19:20

Ontem passei o dia inteirinho na casa do Diego trabalhando. Foi meu primeiro dia. Já fiz algumas modificações.

Levei até um porta-retratos meu, mas ele pediu para tirar. Acho que ele não gostou da cor da moldura. Depois colo a foto com fita crepe na parede até achar outra. Fizemos muitas coisas juntos e pude perceber que ele me adora. Vem namoro por aí. Por enquanto eu diria que a amizade já coloriu.

Urgh, é verdade, amizade colorida é tão 2015. Ou seria 1975? Vou omitir os detalhes. Não por nada, mas é que estou com preguiça de contar. Foram muitos.

À noite visito o Instagram dele para ver se há algum *post* em referência ao dia que passamos juntos. Afinal, poderia haver alguma daquelas frases prontas, de reflexão, que geralmente são usadas como confissão ou indireta: "Não é maravilhoso quando conversamos com pessoas que nos entendem em tudo?", "Sabemos quando estamos começando a nos apaixonar" ou "Amor é vida". *Hashtags:* #muitoamorenvolvido #almagêmea #amorévida.

Nada. Apenas uma foto do próprio pé com #pé e #pés.

ANDRÉ

FALANDO NO DIEGO, às vezes eu me pego pensando no André. São tantos rapazes na minha vida. Talvez as coisas teriam funcionado entre nós se eu tivesse dado uma chance ao pobre coitado.

Muitas foram as vezes em que eu o peguei tentando entrar em meu apartamento, e enquanto eu fingia acreditar na desculpa dele, de que confundia a porta de sua casa com a minha, eu sabia bem lá no fundo que ele estava me paquerando.

Tenho que confessar que tive uma reação preconceituosa. Eu o rejeitei porque ele era drogado, como se isso fosse motivo para não iniciar um relacionamento.

Para alguns pode até ser. Não para mim. Ele tinha dois cágados, o que prova que era do bem, e remédios tarja preta de sobra, que me economizariam a ida ao psiquiatra. Era atraente quando tomava banho, e conversava quando conseguia. Não era inteligente, é verdade, mas tinha dois cágados. E remédios tarja preta de sobra.

Que falta de sorte a minha o André ter caído em um buraco e passado dessa para a melhor.

Para ele deve ter sido melhor mesmo. Acho que não é bom viver chapado até o último grau.

O almoço

Eu tive uma ideia bastante interessante um dia desses. Convidei a Marcinha Maria Gonçales — descobri que esse é o nome inteiro da minha nova vizinha — e o Diego, que não se conhecem ainda, para almoçarem em um restaurante comigo, algo incomum para alguém com a minha personalidade — convidar, não ir a restaurantes. Isso, sim, eu adoro. Estrelados, de preferência. Não é em restaurante comum que você encontra salmonete recheado com o fígado e imerso no caldo de suas espinhas, além de nhoque de batata, laranja, flor de sal defumada e açafrão. Veja, é salmonete, também conhecido como trilha ou samuronete, e não o corriqueiro salmão encontrado nos self-services, em um diminutivo de seu nome, como você pode ter imaginado. Já experimentou azeitonas caramelizadas recheadas de anchovas servidas em um bonsai? Não é em restaurante comum que você encontra isso.

Na verdade, não convidei o Diego e a Marcinha, eu sugeri, porque quem convida paga, e eu não pretendia nem pagar pelo meu prato, quanto mais pelo dos outros. Os dois aceitaram. Aceitaram não, concordaram com a minha sugestão. E fomos.

Eu tenho bom gosto e escolhi um daqueles restaurantes bacanas que eu ia quando meus pais pagavam a minha refeição — merecedor de meia estrela, eu acho. Por servir *vol-au-vent* e consomê de aspargos com alcachofra. Os dois ficaram papeando e eu só ouvi, porque não gosto de fazer perguntas e muito menos sou de contar detalhes pessoais para estranhos.

Eu não sou boba, só sugeri esse almoço para que eu pudesse conhecer a fundo a minha quase amiga e o meu futuro namorado em uma tacada só. Assim, eles teriam todo o trabalho da socialização e eu só teria que ficar atenta, na bela companhia de um suco de uva e um bife de alcatra bem-passado. Eu tenho bom gosto, mas dinheiro não dá em árvores. Vinho e medalhão de filet-mignon ao molho de gorgonzola só no final de semana. E era terça-feira. Precisava economizar no meu prato caso eles não fossem pagar a minha parte. E não pagaram mesmo.

No final das contas, o almoço foi ok. Descobri que o Diego é de boa família, estudado e solteiro, o que eu já sabia.

— Diego, você é estudado?

— Sim.

— É de boa família?

— Sim.

— Está solteiro? — perguntou a inconveniente da Marcinha.

— Ela está brincando! Não precisamos saber disso, Diego.

Fingi que não estava interessada. Mas a verdade é que a internet já havia me confirmado que sim. Sou bastante prática e objetiva em minhas perguntas. Rodeios são pura perda de tempo.

A Marcinha é superestudada, de excelente família e não tem amigos, o que é ótimo porque vai fazer com que ela realmente invista nessa amizade que eu estou disposta a oferecer. Afinal, estou contando com isso. E se amanhã eu tiver que ser levada novamente para a emergência? Não iria dar tempo de construir uma quase amizade que obrigasse outra pessoa, que não fosse a Marcinha, ou o Diego, a me levar correndo para o hospital. E se eu tiver que comprar pão e estiver de pijama ou com preguiça?

— Marcinha, você é estudada?

— Superestudada.

— É de boa família?

— De família excelente.

— Tem amigos?

— Bem...

Meu Deus, ela não tem amigos! Só agora, relembrando a conversa, é que me dei conta disso. É um pouco preocupante ela não ter um amigo sequer, não é? Pensando melhor, e se ela for louca? Pior, falsa, interesseira e todo mundo souber disso menos eu? É estranho uma pessoa não ter amigos.

Não, não, no meu caso é por pura opção.

Terei que marcar outro almoço para averiguar, já que ela não faz parte de nenhuma rede social conhecida, como o André não fazia. Essa semelhança entre eles me preocupa bastante.

O SEGUNDO ALMOÇO

Mais uma vez, Diego, Marcinha Maria e eu fomos almoçar fora, como eu havia adiantado que faria. E fiz. Fomos.

Eu precisava tirar a limpo essa história de ela não ter amigos, e ninguém melhor do que o Diego para descobrir isso. Além do mais, eu adoro a companhia dele. Seus olhos são dois pingos de mel em copos de leite. E nenhum tanque de área de serviço é mais bem construído do que aquele abdômen de gomos de tangerina. Imagina ele lavando a camisa, sem camisa, na área de serviço?

Voltemos ao almoço. Acho que ainda não falei do menu do restaurante que escolheram. Ou será que já comentei a respeito? Lembro de ter mencionado alguma coisa sobre comidas... Consomê de alcachofras? Acho que eu estou confusa. E acho que foi pela imagem do Diego sem camisa na área comendo tangerina. No meu prato havia frango frito e maionese de batata com uma flor em cima, feita de tomate. Sim, foram eles que escolheram o restaurante, pois me convenceram disso argumentando que da última vez a escolha havia sido minha. Aceitei apenas porque eu que estava pagando a minha refeição e era dia de semana novamente. Se fosse sábado ou domingo seria *paillard* de frango grelhado com batata *sautée* e caviar de beterraba. Se o meu pai me sustentasse como deveria, seria *confit* de faisão ao melaço de romã, arroz negro sob lâminas de trufas brancas dinamarquesas e *tuille* de amêndoas. De sobremesa, panquecas de baunilha com mirtilos macerados e melaço de romã. Ou *panna cotta* veneziana com xarope de amarula e sementes de romã. Gosto de romã porque dá sorte. E de *panna cotta* veneziana porque é leve como o ar e branca como as nuvens.

Antes do prato principal, não tivemos um *couvert* propriamente dito. Croissants com patê de vieiras ao azeite perfumado com *dill*, alecrim e pimenta rosa, e queijo *chavroux* sobre finas fatias de salmão defumado deram lugar a apenas pão francês com manteiga normal mesmo, e não *ghee*, como deveria ser. Do lado, um pote de plástico com queijo ralado. Quem come queijo ralado como *couvert*? É para pôr no pão? Na manteiga? A ideia era guardar para jogar em cima do que quer que fosse o prato do dia? Fiquei sem saber o que fazer. Enfim, o pão com manteiga serviu para me saciar enquanto ouvia, atenta, o início da conversa entre os dois. Já o queijo, não sei até hoje o que deveria ter sido feito com ele.

Foi Diego quem começou a falar:

— Então, Marcinha, fiquei feliz quando a Eleonora nos convidou para esse reencontro.

— Espera, eu não convidei, não! Porque quem convida paga a conta. No máximo eu sugeri — fiz questão de esclarecer.

— Da última vez passou tão rápido, foi tão legal, que fiquei mesmo com vontade de repetir — ele completou.

— Eu também gostei, Diego — concordou a Marcinha.

— Sou nova no prédio, no bairro...

Foi quando eu me senti na obrigação de intervir novamente. Aquela conversa não estava indo a lugar nenhum. Eu tinha objetivos para aquele almoço. Se fosse para dar em nada, eu ficava no prédio conversando com o seu Heraldo.

— Quanto a isso, por que você não tem nenhum amigo sequer? — perguntei, prática e objetivamente.

Ela desaprovou com o olhar o tom da pergunta e eu nem entendi o porquê.

— Não é que eu não tenha amigos. De onde você tirou essa ideia? É que eles são todos da internet.

Se antes eu estava preocupada com a falta de amigos, eu passei a ter pânico de imaginar que ela é uma dessas pessoas que conhece pessoas na internet. E que ainda vai acabar convidando uma delas para dentro de sua casa, oferecer um jantar e ser roubada com uma faca depois da sobremesa. Eu não vou ajudá-la quando isso acontecer.

Decidi buscar mais informações porque, além de espantada, fiquei realmente curiosa.

— Mas você usa algum site de relacionamentos?

— Não, é um site só de amigos.

Segundo a internet, amizade também é um tipo de relacionamento, o que fez com que a minha pergunta soasse um tanto incoerente.

— E por que usar um site para arranjar amigos se você pode fazer isso pessoalmente?

Solidão acompanhada 187

— Eu sou muito tímida. Prefiro me relacionar com pessoas que não estão me vendo, me sinto mais à vontade. Eu posso simplesmente me desconectar quando quero ficar sozinha, entende?

Eu entendo um milhão por cento.

— Sim, eu entendo.

— Mas o ponto é que, de alguma forma, eu preciso de amigos, sabe como é?

Isso eu não entendo. A sociedade é uma amolação, já dizia Oscar Wilde. Mas achei maravilhosa a ideia de desconectar as pessoas quando não se está mais a fim de estar com elas. No meio de um jantar, por exemplo. Ou enquanto segura as compras do seu Heraldo, se algum dia ele fizer compras durante o expediente, já que é porteiro. Se ele fizer, acho que terei que avisar o síndico.

— E você? — perguntou o Diego para mim.

— Eu o quê?

— Tem amigos na internet?

Eu pensei ter ficado claro que não.

— Pensei ter ficado claro que não.

— E na vida real?

— A internet não faz parte do mundo e o mundo não é real? — Eu sabia que a minha frase não fazia muito sentido, mas era apenas uma tática para desconversar. Funciona sempre.

— É. Tem razão! Você é engraçada.

Nisso eu mudo de assunto com a certeza de que adoro táticas que funcionam sempre.

— Diego... Então! É... Por que você decidiu trabalhar, assim... em um restaurante japonês pé-sujo... que serve comida que não é, bem... você sabe, japonesa de verdade...

ainda mais você sendo, muito sabiamente, aliás... um amante da belíssima gastronomia francesa? — Meu Deus, por que estou fazendo rodeios com o Diego?

— Ah, você está certa, eu gosto mesmo de comida francesa! — Ele faz uma pausa. — Peraí, você disse pé-sujo?

"Pé-sujo", eu adoro essa expressão. Tanto quanto falar "burralda", "charimbó", "mequetrefe" e, de vez em quando, "passeadeira" quando quero me referir ao tapete que tem no corredor do meu apartamento, aquele que me leva até o único quarto. Também, em vez de "sirigaita" — mulher que usa requebros para seduzir —, costumo dizer "seriguela", que na verdade é uma fruta. Adoro inventar nomes! Ou substituí-los por outros de fonética parecida.

— É só uma brincadeira. — Fingi estar constrangida, embora isso estivesse muito longe da verdade.

— De mau gosto — ele completou.

Nesse momento, não sei se estou discutindo gosto com o cozinheiro de um restaurante mequetrefe, com um amante da alta gastronomia francesa ou com alguém que tira fotos do próprio pé para postar no Instagram. As pessoas precisam parar de postar essas coisas.

— Gosto não se discute! — terminei a discussão abruptamente e quase irritada, como todo mundo que usa essa expressão.

— Bem, isso é verdade. Respondendo à sua pergunta... Os proprietários do Sushysoba pagam bem porque tem muito movimento. Foi o melhor lugar que encontrei, por enquanto, para fazer um pé de meia. Desculpe o trocadilho com a sua brincadeira do pé. — Eu solto uma risada. — Assim que eu conseguir guardar uma grana, vou abrir um bistrô.

Eu adoro quem usa trocadilhos.

— Ah, que legal! Eu adoro bistrôs.

Pedimos o café, que veio sem *petits-fours* ou trufas, e enquanto eu conferia o troco do que paguei com dinheiro em espécie, vi que ele e a Marcinha se adiantaram para a porta, sem mim. Teve troca de olhares, troca de elogios e, pelo que pude constatar, troca de nomes de usuário em redes sociais. Ainda bem que ela usa apenas *apps* de amizade.

Desabafo ou portfólio

Voltamos de Uber para o prédio. Gosto de Uber porque além de notícias sobre o tempo e o trânsito, aprendo um pouco sobre engenharia, física e tudo sobre a bolsa de valores. Também, a cada corrida, fico mais perto de atingir a minha meta de 4.780 amigos na internet. Eu penso em tudo.

Quando chegamos, subimos de elevador e ficamos juntos, em pé, na frente dos nossos três apartamentos. Antes de entrar no meu, esperei cada um entrar no seu, para ter certeza de que eles não iriam continuar trocando coisas.

Primeiro entrou a Marcinha. Tive a sensação de que o Diego estava disposto a me acompanhar até a sala caso eu abrisse a minha porta. Achei muito cedo para ele conhecer a minha sala, com a certeza de que ele iria querer conhecer também o meu quarto. Nós nos despedimos com um beijo tímido na bochecha.

Depois de cinco minutos e meio, mais ou menos, ouvi uma porta vizinha se abrindo, fechando, a outra porta vizinha se abrindo e fechando. Tive vontade de verificar pessoalmente o que estava acontecendo, mas antes de surgir na frente deles e parecer estar com ciúmes, preferi fazer isso a distância, colocando um copo contra uma das paredes. Só que não era a parede certa, o apartamento da Marcinha estava em silêncio. Tentei a outra. Era a outra.

— Depois ainda diz que é tímida e que só gosta de relacionamentos na *web*! Sei... é o que toda boa bisca diz — esbravejei.

"Bisca" é outra expressão de que gosto muito. Outra coisa de que gosto muito é usar as minhas experiências como fonte de inspiração para algo criativo, como faz a Taylor Swift em todas as suas músicas e o Michael Jackson em "Have you seen my childhood?".

Sentei no sofá, coloquei leite no copo e bebi em homenagem ao meu infortúnio.

Decidi não interrompê-los, seja lá o que eles estivessem fazendo. Talvez lendo livros de culinária, buscando inspiração no Pinterest, se cadastrando em sites. Só espero que eu não veja nenhum *story* no Instagram do Diego com os dois lavando louça. Afinal, já tínhamos almoçado.

Abaixo, o resultado criativo da minha experiência:

Sem título por enquanto

No fim, após a refeição, fui eu quem ficou de fora
Os dois se apaixonaram e logo depois foram embora
Na fossa estou, sem chão, e sem mais nada
Descobri que o Diego tem uma nova namorada

Poderia ser eu, ao abrir aquela porta
Da sala para o quarto
Já no quarto para a cama
Mas nada mais me importa
E a solidão é quem me chama.

Difícil saber que eu, justo eu, sou a culpada
De não ser eu a sua nova namorada
Na fossa estou, sem chão, e sem mais nada
O nome é Marcinha, dessa vaca desgraçada.

Nada como a dura realidade como fonte de inspiração para uma bela poesia ou letra de música. Estou me sentido a Taylor Swift de fato, só que mais bonita e com menos desilusões. A voz dela, no entanto, é mais afinada. E meu estilo não é country, é forró-techno-brega-universitário, como a canção a seguir: "Quente, caliente".

Quente, caliente

Ô garoto do topete bronzeado, arrumado e engomado
Para de correr pelado e suado atrás de miiiiiim.
Eu sei que tu é safado, ordinário e é mal intencionado
Tudo bem ser bem tarado, mas se liga tu é casado, então
não pode ser assiiiiim.

Ô bicho pegajoso, gosmento e curioso
Não tire a minha roupa sem a minha permissãããão,
Mas também não me pergunte, que tu é gato e é sarado

É registrado e vacinado e eu não consigo dizer nããão.

Tira a calça e a camisa, vamo logo, não embaça
Me prova sem preguiça que eu não tô fazendo graça
Tô no fogo te esperando e eu não quero só fumaça
Tu é meu tutu mineiro e minha linguiça com cachaaaça.

Põe pimenta no chuchuuu, põe pimenta no chuchuuu
Acelera, vai depressa, mas não deixa ficar cruuu
Põe pimenta no chuchuuu, põe pimenta no chuchuuu
Tempera, deixa quente, *caliente*, derretendo o saliente
Porque a gente que é gente não resiste e fica nuuu.

Meus pais

MEUS PAIS ME MANDARAM UMA CARTA na semana passada.

É incrível que, na era da comunicação virtual, digital e telepática, ainda há quem se dê ao trabalho de escrever uma carta à mão, ir até o correio e pagar o preço do selo. Por que não me mandaram um Whats? Afinal, nós temos um grupo. Ah, sim... Acabei não abrindo as mensagens do grupo, tinha me esquecido. E acabei não atendendo os telefonemas também — nada pessoal, só não estava com vontade de atender o telefone.

Abro o envelope — sim, só uma semana depois. Por favor, não me julgue, também não estava com vontade de abrir envelopes. E só então entendo por que tinha que ter sido enviada pelo correio.

— Meu paitrocínio chegou! Em espécie!

Só não compreendo por que meu pai não fez uma transferência para a minha conta. Ou será que aquele era o meu presente de aniversário? Não há nada especificando. Poxa, por que demorei uma semana inteira para abrir?

Junto com o dinheiro veio um bilhete. Nele, o cheiro azul tão típico dos bilhetes escritos à mão, mas sem o desenho de sorriso no canto da folha. "Para Eleonora. Use de forma consciente! Cordialmente, Seus Pais."

Ligo e deixo um recado na secretária eletrônica deles, agradecendo.

É sempre bom manter um relacionamento cordial e afetuoso com as únicas pessoas que se tem. Nunca se sabe, não é? Acho que estou começando a acreditar que a família é mesmo o nosso porto mais seguro.

Aproveito e relato que tenho alguns planos, como o livro de poesias que estou escrevendo e o CD. Estou gravando um CD. Quem sabe no que pode dar? O paitrocínio em espécie pode me ajudar nisso também. Recito um trecho da poesia e cantarolo a música "Quente, caliente".

Espero que meu pai tenha ouvido o recado. Se ele ouvir, acho que vai ficar entusiasmado. Pelo menos espero que não fique bravo. Talvez os pais não gostem de ouvir suas filhas cantando sobre homens nus. Não tenho certeza. Depois pergunto para o seu Henri e para o seu Otacílio do 710.

Uma pena esse não ser mesmo um audiolivro, você teria gostado bastante da letra com a melodia, eu acho.

Acho, não. Eu tenho certeza!

HÁBITOS MATINAIS DE ELEONORA
AO SOM DE KENNY G

Levantar de costas.

Escovar os dentes.

Deitar.

Levantar normalmente.

Escovar os dentes.

Tomar café da manhã — chá e croissants com geleia de morango, vestindo um robe de chambre.

Tentar fazer alongamentos.

Acessar redes sociais e o WhatsApp pelo celular, mesmo não havendo nenhuma mensagem nova para ler. Faço isso apenas pelo impulso de abrir vários *apps* de uma vez só. Aproveito para enviar desenhos de ursos fofos desejando bom dia para os meus pais.

Acessar o Instagram com o perfil Reagby.

Colocar um copo de vidro contra a parede para saber o que está acontecendo nas unidades vizinhas.

Escovar os dentes porque esqueci de fazer isso depois do café da manhã.

Desligar o som de Kenny G. Quando foi que eu liguei?

Últimas notícias mesmo

Eu vinha sentindo algumas dores na parte superior do meu abdômen havia alguns dias. Tinha me programado para fazer uma pesquisa na internet sobre as possíveis causas desse insistente incômodo, mas acabei adiando porque pensei que não era nada importante. Sabia que não haveria de ser o apêndice, afinal. Por um momento suspeitei que fosse, mas foi a febre, certamente.

Enfim, descobri sobre a minha dor abdominal da pior maneira possível, mais uma vez.

Eu estava em casa, repousando após comer um sanduíche e senti "a" dor.

Durou pouco tempo. Coisa de minutos. Bem, segundos. Mas segundos brutais e intermináveis.

A sensação? De mil facas dilacerando desde a camada mais superficial da minha pele até o último nervo, passando por músculos e penetrando o âmago da alma.

Uma dor intensa do lado direito superior do abdômen que se irradia para próximo da caixa torácica ou para as costelas. Atinge um pico de intensidade meia hora após a refeição e é acompanhada de febre e náuseas.

Ainda bem que tenho o histórico de desmaiar antes de a descrição da internet se confirmar.

Antes de cair, no entanto, gritei por socorro com o resquício de voz que ainda saía de uma garganta seca, fraca e quase sem esperanças.

Após o incidente, acordei em uma cama de hospital, ainda com muita dor e sentindo um líquido invadir minha veia.

Olho para o lado e vejo um rapaz e uma moça. Diego e Márcia Maria. Confesso que senti falta do garçom.

Eu comentei que as paredes que dividem os apartamentos lá do nosso prédio são muito, muito finas, não é? Elas são da espessura de uma amêndoa. A prova é que os dois, cada um de seu apartamento, eu espero, puderam ouvir o meu grito de socorro.

O motivo da dor foi uma inflamação num órgão que eu acho que não faz falta nenhuma no corpo, assim como o apêndice. A vesícula biliar.

Fiquei alguns dias no hospital e Marcinha e Diego não saíram do meu lado. Passavam grande parte do tempo sentadinhos no sofá do quarto e só saíam às vezes para visitar as instalações do ambiente, como eles diziam.

E quem diria que eu não precisaria ser amiga da Marcinha para que ela me socorresse se eu precisasse? Se eu soubesse disso desde o início teria me poupado tempo e bastante trabalho. E, ainda, ela não teria roubado o Diego de mim.

Ainda bem que eu não preciso mais me preocupar em fazer amigos. Descobri que algumas pessoas ajudam qualquer um se esse um estiver morrendo. Talvez até não precise de tanto.

Aproveitei um momento sozinha com ela para que me mostrasse, enfim, aquele site de relacionamentos para fazer amigos que ela frequenta. Não que eu precise ou vá usar algum dia, imagina! Mas tenho curiosidade de entender melhor como funciona o comportamento humano, principalmente o de pessoas que desejam conhecer outras na internet, mesmo correndo o risco de serem vendadas e roubadas à faca após o jantar.

Preferi esperar que o Diego não estivesse presente para ele não pensar que eu sou uma dessas.

Também não queria que ele visse que, como quem não quer nada, digito o nome do Carlão para saber se ele faz parte do site. Não faz, ainda bem.

Carlão não disse o que aconteceu para não ter ido àquele encontro, sinto muito pela decepção. Assim como você, também aguardava respostas. Quem sabe ele estava mesmo hospitalizado, afinal. Vamos torcer para que tenha sido esse o motivo, e não a falta de interesse em me ver. Se é que ele sabia que eu estaria lá, acredito que não. Ah, espero que ele esteja melhor agora, claro. Procuro pelo perfil dele também no Instagram e no Twitter para tentar acompanhar o que tem feito, mas constato, mais uma vez, que o Facebook é mesmo a única rede social da qual ele faz parte. Bem... mais ou menos, já que não posta nada desde 2017.

Aliás, falando em rede social, você sabia que há uma delas que aceita apenas pessoas bonitas entre seus usuários? E que se elas embarangarem enquanto estão lá são expulsas?

Cinco mil usuários foram expulsos após as festas de Natal e Ano-Novo, eu li no jornal. O da internet.

Quem sabe até eu encontre o Carlão nesse site. Ele é muito bonito. O Diego também é, será que ele está lá? É possível que eu me cadastre. Pelo menos deve haver pessoas sensatas. Se não, pelos menos são bonitas. Eu usaria um apelido, claro. Reagby. Ou Lelê.

O Diego retorna ao quarto e quem sai agora é a Marcinha. Prefiro mesmo que fiquem comigo cada um de uma vez, em vez de os dois ao mesmo tempo. Não gosto de vê-los juntos na minha frente e não tenho vergonha de assumir isso. E nem de assumir que me detesto por ter formado esse casal sem querer. Se é que eles são um casal. Espero que não sejam.

Diego traz o livro de gastronomia francesa para que eu me distraia um pouco. Todos os esforços são necessários para que eu não me lembre de que há uma agulha alojada na minha veia. Não importa quantas vezes tentem me convencer de que é apenas uma borrachinha e não uma agulha em si! Não só não acredito como também penso que não faz diferença alguma.

Finjo que conheço todos os pratos e ainda cito mais alguns que, com certeza, não existem: "Cofure" de *tartar* ao vinho, acompanhado de mousse de zimbro; *parmentier* de pimentão e "chimbada" de algas marinhas com funcho selvagem e azedinha; timbal de maçã e caviar de berinjela regados ao azeite de baunilha e bergamota. Eu gosto de impressionar.

Fico lembrando de quando tirava dúvidas de matemática com o Carlão depois da aula. Era a mesma coisa que ler e inventar receitas para o Diego. Garotos diferentes, futuros possíveis namorados. A Marcinha que me perdoe, mas nada é para sempre. Eu podia escolher entre um ou outro. Ou os dois. Às vezes imagino o Carlão entrando pela porta e nós três dividindo um filho. Desde que assisti ao *Bebê de Bridget Jones* essa ideia me pareceu bastante plausível. Será que Hugh Grant faz parte do site onde só há pessoas bonitas? Ele é bastante elegível para isso. E não deve embarangar nunca.

Tenho alta e volto para o meu loft. O Diego, por sua vez, volta para a quitinete dele e a Marcinha, eu espero, para a dela.

"Eu não sei exatamente o que vim fazer aqui."

Você já deve ter lido ou pensado isso em algum momento da vida enquanto bebia a quinta lata de cerveja sozinho, no canto de uma festa.

Estamos no mesmo prédio e vejo que os convidados que estão no salão do térreo em algum momento vão esbarrar pelos demais andares com a dona Marcelina e com quem estava lá em cima, a céu aberto. Isso se não houver um grupo de jovens idiotas segurando o elevador.

A dúvida que persiste é por que eu vim a rigor se estão todos de bermuda e chinelo.

Talvez eu tenha errado de festa, mas, se me deixam entrar, não me faço de rogada. Fico com os pés descalços, me deixo levar pela música, pulo sozinha e me jogo no chão. Levanto, volto para o canto, observo de longe e, para as *selfies*, coloco refrigerante de limão na taça para parecer champanhe, já que não tem champanhe.

Os seus amigos de verdade apareceram?

Converso com um, com outro, descubro que há sempre uma lição nova, uma receita de biscoito antiga, um convite inesperado e quem mande *nudes* no grupo do WhatsApp.

Gostamos de peixes e cágados, papagaios e hamsters, antas e *gifs* de gatinhos e cachorros fofos. E de quem tire *selfies* comendo salsão para parecer fitness, mesmo sabendo que não é.

Não importa se lembramos ou não o nome de onde viemos. Ou sob qual signo nascemos, contanto que seja Áries ou Touro.

Tudo vale um bom *story, post, print, thread*, lacre. Ok, me perdi um pouco. Não sei o que é *thread* e não sou o tipo de gente que diz "lacre". Nem do tipo que se acha, espero que isso tenha ficado claro.

Sugiro que abaixe o celular e olhe em volta. Calma, não é por muito tempo, claro! Só dê uma espiadela para ver que há ratos de verdade na garagem do segundo subsolo. Há também peixes e papagaios, cágados e babuínos, onças e salamandras. Ah, e não se assuste com o Zé, a lagartixa.

Eu sei, pareço estar bêbada. Bem, eu estou.

Se a dança é em par, sei que não me falta companhia, e nem companhia para a companhia. Sei também que nunca mais vou apresentar ninguém.

Flerto um pouco, curto muito, observo as outras pessoas e penso: "É, sorte de quem tem a sorte de esbarrar comigo neste evento".

Não sei quanto tempo vai durar, mas sei que fico até o final da festa. E ainda como os cupcakes, se servirem. Ou bem-casados, no caso de ser um casamento.

Não costumo gostar de comemorações, mas, pensando bem, até que aqui é bem legal. Quando não é horrível.

O CAPÍTULO VERDE
OU O CAPÍTULO FINAL

Eu sei, eu também me diverti.

Gostei tanto da sua companhia quanto você gostou da minha.

Obrigada. Espero que tenha aprendido coisas novas, de uma maneira divertida e descontraída, que é como eu sei fazer.

Mostrei um pouco de mim e ensinei como procurar trabalho, ter paciência, ser simples, solidário e afetivo.

Ensinei a como entender seus pais, preocupar-se com os idosos, enfrentar seus medos, mesmo que desacordado, desenvolver seus talentos e mostrá-los para os outros, cultivar sua sabedoria e dividi-la com quem não a tem.

Não há limites. Não há barreiras. E embora haja pessoas 96% geniais, talentosas e excepcionais, se você estiver na média não há com o que se preocupar e nem por que se sentir inferior. Estar na média também é bom. A maioria está nesse mesmo barco. Pense que quem é muito bom em alguma coisa, ou em várias, geralmente tem algum tipo de descompasso, como fobia de agulhas, sangue e materiais hospitalares, por exemplo. Ou alergias.

E por que capítulo verde?

Eu respondo prontamente: porque mando meus votos para que você tenha uma vida cheia de esperança, para que preserve a natureza e acaricie seus papagaios. Só nunca os prenda em gaiolas! Nem eu nem a Miss Bubble fizemos isso.

Mesmo que fiquemos verdes de susto ou de raiva, voltaremos à nossa cor natural, ou ainda, com sorte, com um leve bronzeado.

E antes que você me diga aquela palavrinha mágica, porque imagino sua boa educação, eu me antecipo:

— Imagina, não foi nada.

O prazer foi meu. Eu que agradeço. Também acho.

Até breve, então... Até o meu próximo livro, CD, DVD, vídeo no canal do YouTube, ou até o próximo seu.

Agradecimentos

Às nossas famílias, pelo amor, incentivo e quase inesgotável paciência — nós entendemos, uma hora ela se esgota mesmo.

E à Flavinha Lèbre, por ter feito a diferença em nossas vidas ao ter nos apresentado e lançado a semente de uma amizade sensacional, fantástica e divertidíssima, baseada no carinho, no respeito, na admiração... e compartilhada em aulas de pilates.

Contatos da Dra. Ana Beatriz Barbosa Silva

Homepage: www.draanabeatriz.com.br
E-mail: contato@draanabeatriz.com.br
abcomport@gmail.com
Facebook: facebook.com/draanabeatriz
Facebook: facebook.com/anabeatriz.mcomport
Twitter: twitter.com/anabeatrizpsi
YouTube: youtube.com/anabeatrizbsilva
Instagram: instagram.com/anabeatriz11

Contatos da Lauren Palma

Instagram: llaurenpalma
Twitter: @llaurenpalma
E-mail: llaurenpalma@icloud.com

ESTE LIVRO, COMPOSTO NA FONTE FAIRFIELD,
FOI IMPRESSO EM PAPEL POLEN SOFT 70G/M² NA BMF,
SÃO PAULO, JULHO DE 2020.